T0021451

Un hijo cualquiera

Eduardo Halfon

Un hijo cualquiera

Libros del Asteroide

Primera edición, 2022

Imagen de cubierta: Old Paper Studios / Alamy Stock Photo
Fotografía del autor: © Ferrante Ferranti

Publicado por Libros del Asteroide S.L.U.
Avió Plus Ultra, 23
08017 Barcelona
España
www.librosdelasteroide.com

ISBN: 978-84-19089-19-9
Depósito legal: B. 14390-2022
Impreso por Kadmos
Impreso en España - Printed in Spain
Diseño de colección: Enric Jardí
Diseño de cubierta: Duró

Este libro ha sido impreso con un papel ahuesado,
neutro y satinado de ochenta gramos, procedente de bosques
certificados correctamente gestionados y con celulosa 100 % libre de cloro,
y ha sido compaginado con la tipografía Sabon en cuerpo 11,5.

Haz hijos, Manuel; no libros.

Antonio Di Benedetto, *Zama*

Índice

Un pequeño corte

Estuve ahí las siete horas que duró el parto de mi hijo. Lo vi entrar al mundo. Oí su primer grito. Sentí en mis dedos su primera respiración. Corté o más bien prensé el cordón umbilical, bien uniformado en un camisón azul de enfermero. Y con mi hijo ya en los brazos, aún pálido e hinchado y envuelto en una ligera frazada amarilla, lo miré como si estuviese mirando al hijo de alguien más. Un hijo cualquiera.

El sentimiento de maternidad es automático y primitivo, me dije a mí mismo, acaso para explicar o justificar mi ausencia inmediata de amor. Pero el sentimiento de paternidad, como escribió James Joyce en *Ulises*, es un misterio para el hombre. Es un estado místico, escribió, una sucesión apostólica, de único engendrador a único engendrado. En cualquier caso, yo no sentí ese estado místico o esa sucesión apostólica hasta el día siguiente, muy temprano en la mañana, cuando llegó la doctora para hacerle a mi hijo ahí mismo, en un cuarto del hospital de Nebraska, la circuncisión.

Fue la primera duda que me asaltó cuando vi el ultrasonido y supe que sería varón: circuncidar o no circuncidar. Leímos mucho. Lo discutimos entre nosotros. Lo hablamos con amigos, con familiares, con doctores y enfermeras. Un obstetra nos dijo, en tono casi evangélico, que él había circuncidado a su primogénito pero no a su segundo hijo, y que el segundo había sufrido por ello. No especificó cómo había sufrido. Yo imaginé plagas bíblicas y castigos divinos. Según los estudios, sin embargo, no hay ninguna evidencia de que la circuncisión evite infecciones (ni tampoco, me parece, plagas bíblicas y castigos divinos). Según otros estudios, sí hay evidencia de que la circuncisión disminuye el sentimiento de placer sexual en el hombre, algo que el rabino y filósofo medieval Maimónides ya había advertido hace casi un milenio, en su *Guía de descarriados*. Heródoto escribió que los antiguos egipcios circuncidaban por razones de higiene; aunque también existe la hipótesis de que los antiguos egipcios creyeran al hombre circuncidado meritorio de los secretos más esotéricos, de mitos y conjuros reservados sólo para iniciados. Los antiguos griegos, en cambio, valoraban el prepucio. Al igual que los antiguos romanos, quienes hasta lo protegían por ley. Desde el pacto de Abraham con Dios, los judíos son judíos debido a la circuncisión —la falta de prepucio, como sabían los nazis, es parte de nuestra identidad—, pero me sorprendió leer que no todos los judíos la han practicado. Moisés, desobediente, no quiso circuncidar a sus hijos; el ritual de la circuncisión fue totalmente ignorado durante los cuarenta días en el desierto; y Theodor Herzl, el padre espiritual del Estado de Israel, decidió no circuncidar a su único hijo varón, Hans, nacido en 1891. Pero cuanto más estudiaba el tema, repasando los documentos históricos y científicos y religiosos, más pensaba en la primera vez que de niño vi un pene no circuncidado, el de un amigo, cuando nos duchábamos todos tras una clase de natación en el colegio. Recuerdo las risas y burlas despiadadas de mis demás compañeros, quienes desde ese día lo apodaron Batman.

La breve intervención en el hospital sólo duró unos minutos. Pero yo no pude ni verla. Me quedé fuera, de pie en el pasillo, oyendo su llanto, contemplando si entrar a la habitación y arrebatarle el bisturí a la doctora y gritarle que por favor dejara a mi hijo en paz.

Cualquiera que haya sido el razonamiento para circuncidarlo —tradición, miedo, estética, higiene, evitar posibles infecciones o plagas bíblicas—, fuimos nosotros, su madre y yo, quienes tomamos la decisión. Una decisión definitiva, irreversible. Y ahí, de pie y solo en la frialdad blanca del pasillo, finalmente empecé a sentir el peso de ser padre. Por primera vez había decidido yo como padre. Había pronunciado mi primer mandamiento como padre. Y entendí, de una manera categórica o aun mística, que el pene de mi hijo, a partir de ese momento, ya no era suyo.

Historia de mis agujas

Todos sus pacientes le decían El Gato. Hasta mi mamá le decía así. Su clínica estaba en el último piso del Hospital Herrera Llerandi, el mismo hospital donde yo había nacido. De inmediato me gustó su expresión benévola y su temperamento tranquilo y sus ojos azules de gato. Yo tenía seis años. No había razón para que desconfiara de los doctores. O aún no.

Mientras mi mamá y yo entrábamos a la sala de exámenes, el doctor me despeinó jocosamente con la mano y me dijo que por favor me sentara en el sillón de vinilo rojo. Llevaba puesto su traje de doctor, como si viniera de hacer una cirugía o como si estuviera a punto de marcharse a hacer una. Se sentó en un banco de metal a mi lado y de inmediato se puso a empujar una manivela del sillón de vinilo rojo hasta que yo quedé completamente recostado. Sentí en el rostro la tibieza de una enorme luz blanca. Cerré los ojos y me mantuve así mientras mi mamá le explicaba en detalle mi rinitis crónica. Sí, todos los días. Por la mañana, en cuanto se despierta. Mocos y estornudos y picazón en los ojos. A veces le dura hasta que se vuelve a dormir en la noche. Mi mamá aspiró una bocanada de aire y luego, como si se tratara del gran final de una ópera, empezó a enumerarle la larga lista de medicamentos ya recetados, ya tomados por mí sin ningún efecto, y ya descartados. El doctor, guapo y elegante, sólo escuchó en silencio, una mano en su quijada, hasta que ella hubo terminado. Finalmente volvió su mirada hacia mí.

Empecemos entonces, dijo mientras se ajustaba un espejo pequeño y redondo sobre la frente.

Empujó mi cabeza hacia atrás y se quedó mirando adentro de mis fosas nasales durante un par de minutos, quizás más, como si estuviese buscando algo que había perdido ahí dentro. Luego abrió una gaveta y sacó una ampolla de vidrio y también una jeringa larga con una aguja hipodérmica aún más larga. Yo debí haberme movido o quejado porque el doctor colocó rápidamente la jeringa sobre una bandeja de metal atrás de él, fuera de mi vista. Se puso guantes quirúrgicos. Y como invocada, entró una enfermera.

Lo que siguió todavía me resulta difícil de describir.

Sólo recuerdo a la enfermera parada detrás de mí, sujetando fuerte mi rostro entre sus manos, mientras el doctor, sus ojos brillantes y azules justo enfrente de los míos, procedía a inyectar algo en la parte más profunda de cada una de mis fosas nasales. Luego todo se tornó borroso, acaso debido al dolor o a mis convulsiones incontrolables o a mis lágrimas.

Tan intenso era el chorro de sangre de mi nariz que volví a casa acostado boca arriba en el asiento trasero del carro, sosteniendo sobre mi rostro una toalla blanca manchada de rojo. El dolor continuó hasta tarde esa noche. Me dormí sollozando.

Hoy sé que aquel doctor guapo y elegante me inyectó cortisona, un nuevo medicamento que los otorrinolaringólogos usaban para tratar alergias y rinitis crónica. Recuerdo las palabras que le dije a mi mamá esa noche al intentar describirle el dolor: un fuego en la cabeza. Recuerdo la sensación que empezó a invadirme en los días siguientes —y que siguió invadiéndome por años, sin que yo le dijera nada a nadie—, en la cual todo a mi alrededor, durante unos cuantos segundos, se movía pesadamente y sonaba como si alguien estuviese apagando poco a poco el volumen. Recuerdo haber ido a la clínica en el hospital cinco veces más, para recibir cinco tratamientos más, casi paralizado por el miedo. Mi mamá discrepa. Dice que sólo fueron tres.

⁂

Unos años después, en el otoño del 81, huyendo del caos político en Guatemala y la violencia del conflicto armado interno, nos mudamos al sur de Florida. Desde que llegamos, mis alergias sólo habían empeorado.

Iba al colegio todas las mañanas con uno o dos pañuelos de papel en los bolsillos del pantalón y otro hecho una bola dentro de mi puño. Cuando ese pañuelo estaba ya demasiado húmedo o demasiado usado, lo tiraba en el bote de basura y sacaba otro del bolsillo del pantalón. Yo no era sólo el niño nuevo que hablaba en un inglés espeso y acentuado, sino también el niño con la nariz roja y mocosa que siempre llevaba un pañuelo de papel en la mano. Los demás niños me llamaban Sneezy, por supuesto. Y Snotty. Y a veces Rudolph. Pero ningún apodo me afectaba: hacía poco que había descubierto a Linus, de *Peanuts*.

Linus van Pelt.

Yo me aferraba a mi pañuelo de papel de la misma manera que Linus se aferraba a su frazada celeste. O sea, todo el día y toda la noche. Dormía con uno en la mano. Buscaba otro nuevo al nomás despertarme. Todavía tenía uno dentro de mi puño a las tres de la tarde, cuando mi mamá nos recogía del colegio; aunque mis alergias habrían menguado hacía rato, generalmente al final de la mañana. Pero no me importaba. El pañuelo de papel era mi frazada celeste en medio de aquel mundo nuevo y extraño al que me habían arrojado, y no estaba dispuesto a soltarlo.

Yo entendía a Linus, en toda su complejidad. La frazada celeste no sólo era un evidente símbolo de su carácter débil e inseguro, era también, irónicamente, la fuente de su fortaleza. En ocasiones la usaba como una capa de toreo, o como una honda, o como un paracaídas, o como un avión, o como un barrilete, o como un matamoscas, o como un gancho para abrir el buzón y dejarle una carta a la Gran Calabaza. Una vez, en un campamento de verano, un niño le advierte que los demás se burlarán cruelmente de él debido a su frazada celeste. Y Linus, en respuesta, la hace un rollo y la usa como látigo para cortar la rama de un árbol. Nunca se burlan de mí más de una vez, declara.

Y no lo hicieron.

Había alrededor de treinta jeringas perfectamente alineadas en una bandeja.

Se llama una prueba de alergias en la piel, dijo la doctora. Es importante que primero sepamos a qué es alérgico el niño, dijo, hablando como si yo no estuviese ahí.

Recién había cumplido doce años. Mis alergias seguían empeorando.

La doctora estaba sentada del otro lado de su escritorio, y mi mamá y yo enfrente de ella, escuchándola con atención. O al menos mi mamá la escuchaba con atención. Yo no podía dejar de mirar esas treinta agujas a punto de pinchar mi brazo.

Con la ayuda de algunas ilustraciones infantiles montadas en pliegos de cartón que ella nos mostraba y luego volvía a colocar sobre su escritorio, la doctora nos explicó el procedimiento. Inyectaría en mi brazo una dosis muy diluida de algunos alérgenos (una ilustración de pequeñas probetas de vidrio sonriendo y bailando). Moho, caspa de distintos animales, polen, veneno de abeja, penicilina, varios alimentos (un boceto rápido de cada uno; recuerdo que la abeja se parecía mucho a la abeja de la caja del cereal Honey Nut Cheerios). Durante los siguientes quince o veinte minutos, ella me vigilaría para verificar si había alguna reacción alérgica alrededor de cada una de las marcas en mi piel (una ilustración de un médico amigable saludando con su mano enguantada). Intradermales, dijo. Sólo una pequeña punzada. Nada dolorosa. Luego, para terminar, alzó una ilustración del brazo de alguien con lo que parecían ser dos filas largas y paralelas de picaduras de mosquito ya rojas e hinchadas, y empezó a hablar de las posibles reacciones y de los posibles tratamientos a esas reacciones. Pero yo sólo podía ver el brazo desfigurado mientras me imaginaba cómo las treinta agujas punzarían el mío, de una en una, en dos filas rectas a lo largo de mi bíceps y antebrazo. Y antes de darme cuenta de qué me ocurría, ya estaba tumbado en el suelo, empapado en sudor. No fue aquella la primera vez que me desmayaba en una clínica, y no sería la última.

Yo era alérgico a ciertos tipos de polen, nos enteramos después de mucho alboroto y algunos trocitos de hielo.

Conocí a una chica que me dijo que yo me sonaba la nariz incorrectamente.

Era a mediados de los años ochenta. Ambos estábamos en el bachillerato, aunque yo era un par de años mayor. Ella también sufría de alergias nasales crónicas —mucho menos severas que las mías—, y también tenía siempre un pañuelo de papel al alcance, por si acaso. Un alma gemela, pensé la primera vez que la vi sacar de su bolsón un raído pañuelo blanco. Empezamos a salir juntos y ella de inmediato me dijo que yo me sonaba la nariz incorrectamente y que su papá no le permitiría salir con un chico judío, pero que yo le gustaba, y entonces por qué no. Me tomaron por sorpresa ambos comentarios. ¿Quién se creía, diciéndome a mí, un experto en el arte de sonarse la nariz y administrar pañuelos, que me sonaba incorrectamente? Igual le agradecí, por supuesto, en esa misma y patética manera en que un chico le agradece a una chica cualquier cosa si existe la más mínima posibilidad de sexo. Pero dejamos de vernos antes de que hubiera sexo, y también antes de que ella me pudiera revelar el secreto de cómo sonarme la nariz correctamente.

Aprendí a vivir con mis alergias. Para mí, no eran más que una inconveniencia a la que ya me había acostumbrado, un gravamen con leyes y máximas muy claras. Por ejemplo: ten siempre al alcance una caja de pañuelos de papel (una en la sala, una en la cocina, una en cada baño, una en el carro, una a cada lado de la cama), y mantén al menos seis nuevas guardadas en la despensa. Siempre, antes de salir de casa, verifica que tengas un pañuelo de papel en todos los bolsillos de la chaqueta, de los pantalones, de la camisa. Cuando estés en público, sé siempre lo más discreto posible al limpiarte o sonarte la nariz (aun si no tuviste la suerte de que una bella antisemita te instruyera en cómo hacerlo correctamente). Nunca confíes en la cantidad ni la calidad de los pañuelos en un hotel; tus propios pañuelos viajarán mejor metidos en una bolsa con cierre de cremallera que en su caja original.

Yo sabía y aceptaba todo eso. Pero dos cosas cambiaron cuando terminé mis estudios en la universidad. Dos cosas que ahora, en retrospectiva, sería inexacto clasificar como eventos independientes o separados.

La primera fue que tuve que marcharme de Estados Unidos. Mis estudios habían terminado y estaba ahora obligado a volver a Guatemala: un país que ya no conocía. Además, llevaría conmigo un diploma universitario que no era más que un pedazo de papel enmarcado. Aunque estudié ingeniería, yo nunca había elegido esa carrera, o no exactamente. Fue elegida por mí, se podría decir, en parte porque yo era bueno para las matemáticas, en parte porque mi papá era ingeniero, y en parte porque, como la mayoría de adolescentes a los diecisiete años, yo no sentía pasión por nada y tampoco tenía la menor idea de qué quería hacer con mi vida. Todos esperaban que yo estudiara ingeniería. Era mi deber filial convertirme en ingeniero. Y eso hice. Y entonces, agobiado y frustrado pero incapaz de hacer algo al respecto, volví a mi país, un país que hacía años ya no era mío.

La segunda cosa.

Hasta ese momento de mi vida, sólo había tenido alergias. Yo era el tipo con alergias. Eso lo entendía. Podía tolerar los estornudos diarios y la nariz siempre mocosa y los perpetuos pañuelos en mis bolsillos y cayendo a mis espaldas como si fuese dejando atrás un camino de migas para luego no perderme. Esa era mi condición, mi realidad, mi lastre, que yo había aprendido a cargar. Pero ahora, de pronto, había dolor.

Empezó una tarde. Yo estaba conduciendo de vuelta de la playa a mi casa en la capital, cuando de pronto sentí como si alguien me hubiese ensartado un picahielos en la frente. Tuve que detener el carro a un costado de la carretera y esperar ahí hasta que el dolor disminuyera lo suficiente para seguir conduciendo. Pero lo mismo sucedió unos días después. El mismo dolor punzante, aunque ahora alrededor de los ojos, o encima de los ojos, o más exactamente detrás de los ojos. Llamé a un amigo pediatra y le describí el dolor por teléfono. Él me pidió que me agachara y tocara el suelo. Yo lo hice, con el auricular aún en la mano, y de inmediato solté un gemido por el dolor agudo en la frente. Sinusitis, me dijo. Probablemente debido a complicaciones de tus alergias.

Nunca antes había tenido sinusitis. Estaba habituado a los estornudos y la moqueadera diaria, pero esto era distinto. Esto, para mí, era insufrible. Y entonces empezó una nueva y larga lista de medicamentos, ahora para la sinusitis: primero antihistamínicos ligeros; luego pastillas para el dolor; luego antibióticos con receta; y finalmente un contenedor de plástico lleno de pequeñas píldoras blancas que me entregó un doctor bastante impaciente y esquivo. Una diaria, me dijo. Es una dosis muy leve de cortisona.

Yo tenía veinticinco años, y había vuelto al inicio.

Mi rostro estaba lleno de agujas.

Sería demasiado sencillo decir aquí que acepté ir debido al dolor. Sí, había llegado al límite de mi tolerancia con el constante y creciente dolor de sinusitis y los antibióticos y antihistamínicos y píldoras diarias de cortisona. Pero no era sólo eso. La causa de mi angustia, ahora lo sé, era algo mucho más profundo que un dolor en la frente.

Una tarde, estaba yo en la casa de una amiga cuando su mamá descubrió mi contenedor de píldoras de cortisona. Se levantó del sofá de la sala y caminó al teléfono. Este es un regalo que te hago, me dijo mientras marcaba el teléfono y me concertaba una cita con un acupunturista, sin consultarme ni preguntarme.

Pude haberla detenido, supongo. Pude haberle dicho que yo era demasiado racional, demasiado científico para creer en eso. Pero no tenía opción. Ya no era decisión mía.

Todo mi cinismo desapareció en el momento en que el doctor entró a la pequeña sala de consulta y cerró la puerta tras de sí.

Me saludó formalmente, preguntó en qué podía ayudarme y se quedó parado en silencio, esperando a que le hablara. Y yo entonces, sentado en la camilla, mis piernas colgando del borde, y como desembarazándome de algo, empecé a hablarle de mis alergias y del dolor de sinusitis y de las pequeñas píldoras blancas. Él me interrumpió y me dijo, con una voz sosegada pero firme, que me aconsejaba reciamente dejar de tomarlas, que sólo empeorarían mi condición. Me preguntó por mi estado emocional. Me preguntó por mi dieta. Me preguntó si podía describir con precisión el color y la textura de la descarga mocosa. Me preguntó si el dolor estaba principalmente en el lado derecho o en el lado izquierdo de mi cabeza. Luego me pidió que me acostara boca arriba en la camilla.

Y comenzó a llenarme el rostro de agujas.

Sacaba una aguja de un bote de plástico negro que tenía en la mano izquierda, frotaba un punto exacto de mi rostro usando un pedazo de algodón con alcohol que tenía en su mano derecha, colocaba la aguja sobre ese punto, y la clavaba con dos o tres golpes suaves de su índice. Tenía yo una aguja en la parte superior de la frente. Una aguja entre mis cejas. Una aguja en cada lado de mis fosas nasales. Una aguja en cada uno de mis pómulos. Una aguja en cada una de mis orejas. El doctor seguía colocando agujas en mi rostro y, mientras lo hacía, me seguía formulando preguntas que para mí no tenían nada que ver con mis alergias o con el dolor de sinusitis. Pero yo seguía respondiendo. Le hablé de mi infancia. Le hablé de mi familia. Le hablé de habernos mudado a Estados Unidos cuando yo tenía diez años y casi haber perdido mi español. Le hablé de mi retorno forzoso a Guatemala. No le gusta a usted su trabajo, ¿verdad?, me preguntó. Yo ni siquiera había mencionado mi trabajo, pero le dije que no, no me gustaba. El doctor se alejó un par de pasos y apagó la luz. Estábamos ahora en la oscuridad, pero aún podía sentir su presencia a mi lado. Entiendo, dijo. Y entonces, Eduardo, si no ingeniería, ¿en qué quiere usted trabajar? Guardé silencio. No me esperaba esa pregunta. ¿Qué le gusta?, insistió el doctor, y definitivamente no me esperaba esa pregunta. En mi mente, en mi mundo, lo que uno hacía para ganarse la vida era una cosa, y lo que a uno le gustaba era otra. No era lo mismo. No podía ser lo mismo. ¿O sí? La oscuridad de pronto se sintió aún más oscura. No sabía qué decir. Pero con cautela, casi con pena, una respuesta surgió de alguna parte muy adentro de mí y resonó como un eco en la oscuridad.

Leer, doctor.

Mis palabras me sorprendieron.

Nunca fui lector. Nunca me gustaron los libros. De niño, yo sólo leía las novelas asignadas por mis profesoras del colegio si no lograba encontrar una buena sinopsis, o un compañero estudioso que aceptara leerla y hacerme un resumen. ¿Para qué?

Recién había descubierto la literatura. O había caído en ella, por accidente. Últimas patadas de ahogado, me diría luego un amigo, medio en broma, cuando yo le conté cómo fui a la universidad una tarde en búsqueda de algo.

Y es que sí estaba ahogándome, pero despacio, en espiral.

Después de un par de años viviendo en Guatemala, me sentía aún más desolado y desubicado. Como si estuviese viviendo la vida de alguien más, o como si estuviese viviendo la vida que otros querían que yo viviera: un personaje actuando en una tragedia antigua e insulsa. Me sentía sumergido en una bruma de melancolía. Mi angustia continuaba aumentando. Por las noches —casi todas las noches— tenía un sueño recurrente: caía despacio por el cielo, en espiral, sin nunca llegar al fondo y sin poder gritar y sin que nadie nunca se percatara.

Entonces, una tarde, fui a la Universidad Rafael Landívar y pregunté si podía inscribirme en un par de cursos de filosofía. Yo pensé —con ingenuidad, quizás— que la filosofía podía darme respuestas al porqué me sentía tan desorientado, tan existencialmente perdido. Visitar aquella tarde la universidad fue mi manera muy racional de buscar ayuda. Mis últimas y desesperadas patadas de ahogado antes de hundirme.

La encargada de admisiones, una señora mayor con ojos perezosos y muy poco pelo, me dijo que sólo podía inscribirme en cursos de filosofía si también me inscribía en cursos de literatura. Que era una misma carrera, me explicó, una misma facultad: Letras y Filosofía. Pero no me importó. Me estaba ahogando.

Llené todos los formularios enfrente de ella y acudí a mis primeras clases esa misma tarde y de inmediato caí hechizado por la literatura. Aún no sé exactamente por qué. No fue un libro o un autor específico, sino el concepto de la ficción, la idea fundamental de contar historias, la noción de que la literatura, de una manera muy real, también podía ser una boya.

Y empecé a leer. Me convertí en lector.

⁂

Las agujas se sentían eléctricas en mi rostro. Pulsantes y tibias. En la casi completa oscuridad, podía percibir que el doctor estaba parado cerca de la puerta, con la mano en la manecilla. Me dijo que intentara descansar un poco, que regresaría en unos minutos. Abrió la puerta y estaba a punto de salir, pero yo lo detuve. ¿Sí, Eduardo?, me dijo, la puerta ya medio abierta, un ligero rayo de luz partiendo la oscuridad. Yo necesitaba decirle algo más, pero no sabía qué. Decirle que entendía que todas esas agujas en mi rostro no estaban aliviando sólo mis alergias y mi sinusitis. Decirle que sabía que todas esas agujas en mi rostro eran parte de algo mucho más grande y profundo que apenas había empezado a comprender, y que pronto me llevaría a abandonar mi trabajo como ingeniero sin otro plan que leer libros. Decirle que por primera vez en mi vida sentí que había hablado con voz propia y dicho palabras cercanas a la verdad. Pero no había necesidad de decirle ninguna de esas cosas. Entonces sólo le di las gracias. De nada, me dijo mientras salía de la pequeña sala y cerraba la puerta y una vez más todo se oscurecía.

La puerta abierta

Mi mejor amigo se ahorcó de la rama de un árbol. Ya no era mi mejor amigo, pero sí lo había sido, de niños, de adolescentes, de compañeros de cuarto en la universidad. Crecimos juntos. Nos volvimos hombres juntos. Él me llevaba tres años, y yo lo quería y admiraba como a un hermano mayor. Era hermoso. Tierno. Infalible. Al terminar la universidad, cada uno tomó su propio camino y dejamos de vernos y hablarnos durante más de veinte años. Hace poco, con mi hijo de seis meses recién dormido en los brazos, me llamaron para decirme que se había colgado de la rama de un árbol. En su escritorio encontraron cartas de despedida a sus hijos, hermanos, padres. Un vídeo en blanco y negro, tomado por una cámara de seguridad, lo mostraba caminando solo hacia un barranco, hacia su último árbol. Usó un cinturón.

Al enterarme sentí un vacío físico, muy real, en la

boca del estómago: un pedazo de mí, de mi pasado, había dejado de existir. No había muerto un señor de casi cincuenta años que ya apenas conocía; había muerto mi amigo de la infancia, mi compañero de cuarto, mi cómplice de viajes y fiestas y estudios de ingeniería. Pero también percibí, justo detrás de la tristeza y el vacío, una sensación hasta entonces soterrada o desconocida —en la espalda, entre hombros y omóplatos—, y que sólo empecé a comprender a partir de un hilo de pensamientos fugaces y casi invisibles: ¿Consiguió escapar? ¿Logró salirse? ¿No más miedos? ¿No más ansiedad? ¿No más dolor? ¿Y yo, entonces, también deseo la muerte? ¿Yo quiero morir?

Mi hijo respiraba suave y dulce en mis brazos y yo aún podía escuchar el eco que dejaron atrás esos pensamientos, luchando por hacerse corpóreos, por arroparse en palabras. Hoy, al intentar expresarlos en palabras, he sentido la necesidad de usar signos de interrogación. Aunque no sé o no recuerdo si se asomaron así, de puntillas, tan tímidamente.

Desde que escribí mi primer libro, quizás desde antes, me he sentido cerca del suicidio. Pero del suicidio, siempre creí, como algo literario.

Los cuatro del Viejo Testamento (Sansón, Saúl, Abimelec y Ajítofel), y mi favorito del Nuevo Testamento (Judas Iscariote). Los dos primeros y honrosos suicidios de la mitología griega (Yocasta, la madre de

Edipo, ahorcándose, y Egeo lanzándose al mar). La hermosa y tenebrosa descripción que hace Dante de los suicidas cuando visita con Virgilio el séptimo círculo: debajo de los herejes en llamas y los asesinos calcinándose para siempre en ríos de sangre hirviendo, hay una selva oscura y sin senderos donde las almas de los suicidas crecen en forma de espinas enredadas y venenosas, mientras las picotean unas harpías con cuerpos de pájaro y rostros humanos, repitiendo así eternamente la violencia que esa alma se ha causado a sí misma. Las palabras de Libanio el sofista sobre las personas de la antigua Atenas que deseaban morir, y los magistrados del Senado que mantenían siempre un suministro de cicuta para ayudarlos: «Aquel que ya no quiera vivir deberá expresarle sus razones al Senado, y tras recibir autorización oficial, deberá quitarse la vida; si tu existencia te resulta odiosa, muere; si te sientes abrumado por el destino, bebe cicuta». Los suicidios ejemplares de los estoicos, quienes sostenían que la muerte por mano propia, dadas las condiciones adecuadas, era una opción éticamente justificable. Zenón, su fundador, ya demasiado viejo y débil para contribuir a la sociedad, y tras una caída en la cual se rompió el dedo del pie, dejó de respirar hasta quitarse la vida. Catón el Joven, negándose a vivir en un mundo gobernado por su enemigo Julio César, y rehusando otorgarle a éste el poder de perdonarlo, se suicidó tirándose sobre su propia espada (no acertó del todo, según Plutarco, y luego, agonizando en el suelo al lado de unos instrumentos de geometría, tuvo que arrancarse con la mano sus propias entrañas). Epícteto, en *Disertaciones*, habla del suicidio como una puerta abierta. Si hay humo en la habitación, dice, pero no mucho, él se quedará; pero si el humo es ya demasiado, él saldrá. Uno debe recordar, dice, y mantenerse fiel a ello, que la puerta está siempre abierta.

La muerte de mi amigo, de pronto, me mostró esa puerta abierta. O me recordó que allí ha estado siempre. O me hizo entender o más bien sentir que en mi espalda cargo la sombra del suicidio.

Soy, somos, un suicidio en ciernes. Estamos todos a una o dos o quizás tres desgracias —la muerte de un ser querido, el deterioro físico o mental, la depresión o enfermedad, el dolor crónico, las deudas, la esclavitud u opresión— de sentirnos tentados por esa puerta abierta, por esa espada, por esas pastillas celestes en el botiquín del baño, por ese árbol. ¿Cuánto humo es, para mí, ya demasiado humo?

Sólo hay un problema filosófico verdaderamente serio, escribió Camus. Y es que al final, escribió Camus, uno necesita más coraje para vivir que para quitarse la vida. ¿Me suicido?, se preguntó o supuestamente se preguntó Camus, ¿o me preparo un café?

Unos segundos en París

Yo tenía veintiocho años y estaba trabajando como ingeniero en Guatemala y sabía —tanto impulsiva como absurdamente, de la misma manera que un actor de Shakespeare sabe cómo salir del escenario perseguido por un oso— que si yo quería ser escritor tenía que viajar a París.

Sólo tres años antes había caído en la literatura, por accidente. Empezar a escribir fue la consecuencia de haber leído demasiados libros, de haberme llenado de demasiados libros. Fue el derrame. Yo nunca había escrito nada literario. Apenas podía redactar una oración en español, mucho menos un cuento completo (es escritor, decía Roland Barthes, aquel para quien el lenguaje es un problema). Pero estaba convencido, sin duda románticamente, debido a todos los cuentos y novelas que había leído, que cualquiera que anhelaba ser escritor tenía que viajar a París. Y entonces renuncié a mi trabajo como ingeniero, junté unos pocos ahorros, compré un boleto de ida y, con una pequeña piedra obsidiana en la maleta (porque todo acto literario, decía un amigo tartamudo, necesita también un talismán), volé a París en pleno invierno del 99 para convertirme en escritor. Pero pocos días después de haber llegado a un sórdido hotel cerca de la iglesia Saint-Lambert de Vaugirard, caí enfermo.

Pasé las semanas siguientes caminando por París como en una nube. Me despertaba en las mañanas con dolores de cuerpo y una fiebre que sólo iba aumentando, pero igual me obligaba a mí mismo a salir al frío y sentarme en cafés a tomar expresos mientras me sentía fatal y garabateaba mis primeros y muy mediocres conatos de cuentos (tú querías escribir un cuento antes de saber escribir una línea, me diría luego un amigo filósofo) y leía las novelas largas de Hugo, de Flaubert, de Zola, de Balzac. También descubrí y leí las novelas cortas de Perec y Duras. Leí a Bolaño, cuando Bolaño aún no era Bolaño. Leí todos los libros que pude encontrar de Cormac McCarthy y de Thomas Pynchon y del más reciente premio Nobel, Günter Grass. Me pasaba los días leyendo libros de la misma manera que el famoso bibliófilo Jakob Mendel, quien leía —escribe Zweig— como otros rezan, como los apostadores apuestan, como los borrachos se quedan con la mirada perdida en el vacío. Mi ideología era esta: no había suficientes horas en el día para leer todos los libros que necesitaba leer, y no había suficientes libros en el mundo.

⁂

En aquel tiempo, en París, yo estaba en mi primera fase de lector. Es decir, la fase de alguien que, cualquiera que sea su edad, acaba de descubrir la magia de los libros y siente la necesidad de leerlos todos. La lectura, entonces, como acto personal de anarquía o como inmolación literaria (dependiendo si uno está más próximo a Emma Bovary o a don Quijote). Leer como si la literatura fuese una droga. El lector junkie.

Unos años después —es decir, después de París—, cuando ya estaba aprendiendo y afinando la artesanía de la escritura, aquella manera embriagadora de leer dio paso a una segunda fase: el lector artesano. Hoy todavía puedo ver la evidencia de esa forma de leer cuando hojeo mi viejo y gastado ejemplar de *Los cuentos completos* de Hemingway, o *Un buen hombre es difícil de encontrar* de O'Connor, o *Ficciones* de Borges, o *Dublineses* de Joyce. Los comentarios que anoté en los márgenes de los libros que leí en aquel tiempo no son los comentarios de un lector buscando pasajes hermosos o significados profundos, sino los de un lector que quiere descifrar la artesanía de la escritura. ¿Cómo hace Cheever para lograr una frase tan vigorosa? ¿Qué hace Kafka para que un cuento sea desasosegante? ¿Por qué es tan efectivo el tono de Woolf? Un escritor aspirante aprendiendo a tocar su instrumento —el lenguaje— de la misma manera en que un guitarrista aspirante busca su camino hacia el estilo y la técnica de Clapton o Hendrix.

Unos años después, cuando ya había escrito y publicado un puñado de libros —o sea, dejado atrás el tocar sólo canciones de otros—, ingresé en una tercera fase: el lector hijo de puta. Ya no me sentía obligado a leer más de unas cuantas páginas si sentía que las palabras no estaban bien pulidas («No pretendo soportar nada que pueda abandonar», escribió Edgar Allan Poe en una carta al periodista John Beauchamp Jones). Ya no toleraba frases flojas, ni cacofonías indeseadas, ni lugares comunes, ni palabras que yacían medio muertas en la página. Con el tiempo llegué a comprender que este examen petulante de la prosa de los demás era una consecuencia natural del meticuloso y exigente examen de la mía. Comprendí o más bien racionalicé que tenía ahora muy poco tiempo para la lectura, y que necesitaba aprovechar ese tiempo. Pero también comprendí que me había convertido en un lector impaciente e intolerante.

Sigo en esa tercera fase, sigo siendo un lector hijo de

puta, pero uno que desea o implora que algún día le llegue una cuarta fase.

Y pues ahí estaba, en París a los veintiocho años, leyendo libros como una especie de adicto mientras me iba enfermando cada vez más. Tenía un constante y misterioso sabor a yodo en la boca. Había perdido tanto peso que los pantalones y las camisas que había traído en la maleta me colgaban del cuerpo como ropa mojada en un tendedero. Sólo me sentía mejor cuando me perdía durante horas en un libro. Pero, irónicamente, ese mismo apetito insaciable de ficción quizás me estaba enfermando aún más, o al menos me estaba poniendo un poco maníaco. Un virus, me dijo un doctor francés, entregándome un frasco lleno de pequeñas cápsulas blancas de belladona. Complicaciones de una gripe, me dijo otro mientras encendía un Gauloise sin filtro en su clínica (aún eran los años noventa) y me daba una receta para antibióticos. Nada ayudó.

Y una noche casi me desmayo en el metro.

No había estado durmiendo ni comiendo bien. Y adentro del tren, de pie, una mano aferrada al poste de metal, de pronto empecé a temblar. Todo se volvió brumoso. Mis piernas se entumecieron y caí al suelo.

Estaba empapado en sudor, sentado entre tantas piernas de tantos parisinos. Pero nadie a mi alrededor parecía enterado o aun preocupado. No recuerdo cuánto tiempo estuve ahí en el suelo, a punto de perder el conocimiento. Un par de estaciones, tal vez más. Poco a poco empecé a sentir mis piernas de nuevo, y esperé a que el tren se detuviera. No sé cómo finalmente logré ponerme de pie y salir del vagón y empezar a caminar a través de la concurrida estación de Cluny-La Sorbonne. Y mientras subía las gradas hacia el oscuro y lluvioso Boulevard Saint-Germain, de repente alcé la mirada y me sentí cautivado por el brillo de una pantorrilla medio desnuda de la chica que iba subiendo delante de mí.

Poco después de esa noche compré un boleto de regreso a Guatemala y me marché de París con una sensación de fracaso. Me tomó algún tiempo recuperar la salud, y aún más tiempo aprender a escribir. Los años han erosionado muchos de los detalles de aquellas semanas de fiebre en París. He olvidado casi todas las novelas que leí y, por suerte, todos los cuentos que intenté escribir. Pero nunca he olvidado la pálida y firme pantorrilla de aquella chica mientras subía las gradas delante de mí. Recuerdo el ángulo de su curvatura, el tono exacto de blanco, una peca solitaria en la parte superior. Recuerdo su pantorrilla con tanta claridad que hasta podría dibujarla, si yo supiese dibujar.

Aún no comprendo por qué una imagen tan pasajera terminó fijándose en mi memoria. Ni tampoco comprendo por qué sigo escribiendo sobre ella décadas después. Quizás sea porque un escritor en París nunca escribe sobre París, sino sobre las migas de magdalena mojada en un té de flor de tilo. O quizás sea porque aquella noche helada en París, saliendo de la estación de metro como si estuviese emergiendo de las entrañas mismas de la ciudad, resultó ser una de mis noches más oscuras. Yo sabía que toda mi vida hasta ese momento había sido vivida por alguien que ya no existía, o por alguien que ya no quería existir. Estaba solo y enfermo y abandonado y completamente perdido y de pronto algo en la blancura de una pantorrilla en plena noche de invierno hizo que me sintiera vivo de nuevo, aunque sólo haya sido por unos segundos. Pero, a veces, unos segundos nos bastan.

Leer calladito

Mi hijo de un año se reía cada vez que me miraba leyendo un libro en silencio. Creía que era una broma o un juego, y él también quería jugar. Entonces salía corriendo a buscar uno de mis libros (que se volvió suyo), se sentaba a mi lado en el sofá y ambos leíamos en silencio. O más bien yo leía en silencio y él jugaba a que leía en silencio. Leer calladito, así llamaba a nuestro juego. No leer internamente o mentalmente, no leer en silencio, sino leer calladito. Pues mientras iba pasando las páginas del libro, él movía los labios y murmuraba algo incomprensible y casi inaudible. O sea: leía calladito. Y aunque haya sido un juego, medio pantomima, medio broma, mi hijo estaba aprendiendo a leer para sí mismo, en silencio.

A mí no se me había ocurrido, hasta no ver el proceso gestándose poco a poco en él, que ese acto tan aparentemente natural de leer uno solo, en privado, en silencio, no es nada natural.

Se cree —aunque el debate entre académicos es feroz— que durante siglos el ser humano únicamente leía en voz alta. Desde la primera lengua escrita, el sumerio, las palabras se cincelaron en tablas para ser pronunciadas. En los dos idiomas principales de la Biblia, el arameo y el hebreo, la misma palabra describe el acto de hablar y el acto de leer. Para los antiguos griegos, los monjes de la Edad Media y los europeos de la Modernidad, congregados en plazas, granjas, iglesias, tabernas y talleres, leer era un acto público, una actividad social, para anunciar algo o compartir una historia o pregonar ideas. No se sabe con exactitud cuándo el ser humano empezó a leer internamente, para sí mismo. Pero hay una escena importante en la literatura que da testimonio de ese acto —quizás por primera vez, según algunos académicos—, cuando san Agustín, en sus *Confesiones*, describe los hábitos de lectura de Ambrosio, el obispo de Milán. Era el año 383. Agustín recién había llegado a Milán y quería tener una conversación filosófica con Ambrosio, pero siempre lo encontraba leyendo en silencio, profundamente concentrado: «Cuando leía, sus ojos se desplazaban sobre las páginas y su corazón buscaba el sentido, pero su voz y su lengua no se movían». Y ahí, en un oscuro ático de

Milán, posiblemente nació el primer lector contemporáneo, ensimismado, silente. Aunque pasarían siglos —más de un milenio, de hecho— antes de que el hábito de la lectura privada se propagara por el mundo. Ayudó, se cree, la reducción del analfabetismo, los avances en el proceso de la imprenta, las modificaciones visuales de cómo las palabras se ubican en la página para así ayudar al lector común, especialmente los signos de puntuación (pausa larga, pausa mediana, comillas, nuevo capítulo, etcétera) y los espacios: unos monjes irlandeses, por ejemplo, traduciendo del latín en el siglo VII, empezaron a poner espacios entre las palabras (antesseleíaasí).

Lo cierto es que en mi hijo, en el microcosmos que es mi hijo, logré observar cómo el acto de leer pasaba de ser social a privado, de ser colectivo a individual, de leer juntos a leer solos. Mi hijo se sentaba conmigo en el sofá —aunque cada vez más lejos— y leía calladito su libro, siempre el mismo libro, que escogió para nuestro juego al nomás descubrir que yo lo traía en la maleta, tras un viaje a Madrid y Pamplona. Una edición pequeña y preciosa de *Te me moriste*, del escritor portugués José Luís Peixoto, sobre la muerte de un padre.

La nutria verde

Un par de semanas antes de salir de viaje a Madrid y Pamplona, le pregunté a mi hijo si quería que le trajera algo de vuelta en la maleta, y él, sin pestañar, me dijo que un caballo azul. Ya. Muy bien. Y pensé que pronto lo olvidaría. Pero él mismo se encargaba de recordármelo a diario, a cada rato, siempre lo primero al despertarse por las mañanas y lo último antes de dormirse en las noches. Que papá le traería en la maleta un caballo azul. Difícil explicarle que no existen los caballos azules. Aún más difícil explicarle que mi viaje sería un viaje relámpago, de pocos días, con una agenda de trabajo bastante llena, y sin mucho tiempo para ir a buscar un caballo azul —¿un caballo azul?— en los almacenes de España. Le escribí a un amigo español, preguntándole si podía ayudarme a encontrar algo, acaso un caballo azul ilustrado o un caballo azul en peluche, algo, lo que fuese para no volver a casa con las manos vacías. Mi amigo me dijo que lo intentaría, pero yo igual me resigné.

A los pocos días, al vernos en un bar de la calle Princesa, mi amigo me entregó una bolsa de compras de El Corte Inglés y me dijo que lo sentía mucho, que ése era el único caballo azul o casi azul que había encontrado. Era un caballo de plástico, pequeño, de juguete, color turquesa. ¿O era un burrito? ¿O un unicornio? En cualquier caso, el animal parecía un caballo, y su color parecía azul. Mi hijo estaría contento. Le quité el envoltorio al paquete ahí mismo, de pie en la barra, y descubrí que dentro, como escolta o acompañante del equino, había también una nutria verde. Diminuta. De unos tres centímetros de largo.

Al día siguiente volé a casa con ambos animales, y el entusiasmo de mi hijo por el caballo azul —medido, fugaz— fue inversamente proporcional a su amor inmediato y profundo por la nutria verde.

Meses después, seguían inseparables. Mi hijo aún dormía con la nutria bien empuñada en la mano, tanto en sus siestas como durante toda la noche. Le servía leche. Le daba de comer. La acostaba en su cuna, tapándola con una ligera frazada para que no tuviera frío. La llevaba a pasear con él a la guardería, a hacer las compras, a jugar en los columpios del parque. La curaba y se dejaba curar por ella tras cualquier golpe (en especial tras el último, contra la esquina de una mesa de vidrio). Lo que mi hijo no sabía, por supuesto, era que la pequeña nutria verde había desaparecido ya una veintena de veces. Él jamás se enteró del drama que significaba nuevamente creerla perdida, nuevamente imaginarnos el tener que explicarle que su nutria ya no estaba, que a lo mejor se había quedado tirada en el suelo del supermercado o en el césped del parque. Pero la nutria, siempre, reaparecía. Tuvimos suerte, quizás. O quizás aprendimos a ser muy cuidadosos con ella. Pero a mí más me gustaba pensar que era la nutria verde la que invariablemente decidía volver, arrastrando sus patitas de plástico por las calles y arboledas de la ciudad hasta llegar de regreso a casa. Era la nutria verde, me gustaba pensar, la que ya no podía vivir sin mi hijo.

Primer beso

Vi el golpe antes de que sucediera. Escuché el alarido antes de que él abriese la boca. No tanto por intuición de padre, sino porque me pasaba el día entero anticipando golpes y tropiezos de mi hijo que nunca llegaban a darse, pero que yo imaginaba con detalle y claridad. Éste, sin embargo, sí se dio. Y yo vi la escena desarrollarse ante mí con una especie de fatalismo, de impotencia, de ya me sé el final de esta historia y no puedo hacer nada para evitarlo. Mi hijo de catorce meses, feliz, eufórico, su mirada hacia abajo, corriendo descalzo a buscar un carrito de juguete en el piso, acercándose en cámara lenta hacia el borde afilado de una mesa de vidrio a la misma altura que su frente.

Alguna vez oí a Barack Obama decir en una entrevista que ver a nuestros hijos corriendo por la vida era como si nuestro propio corazón se nos hubiera salido del pecho y estuviese ahí fuera, corriendo a la intemperie, vulnerable. Y a mí se me ocurrió que esa imagen, aunque muy bella, señor presidente, no es del todo cierta. Nuestros hijos no son nuestro corazón. Nuestros hijos más bien sostienen nuestro corazón en sus manitas de niños. Lo aprietan. Lo estiran. Lo lanzan al aire y lo ven caer sobre el césped y lo dejan ahí tirado, aún palpitando.

He notado que conforme crece mi hijo también crece mi aprensión de padre. Pienso cada vez más en golpes y tropiezos futuros. Temo carreras de emergencia al hospital a suturar una herida, a enyesar un hueso roto, a tratar una infección o enfermedad. Imagino todo peligro, imagino lo peor, acaso con la esperanza supersticiosa de que el solo hecho de imaginarlo anule su posibilidad. Sé que mi aprensión paterna no es más que una neurosis, por supuesto. Pero también me pregunto en qué momento sí debo ser un padre aprensivo, vigilante a los peligros que circulan como buitres encima y alrededor de mi hijo. Peligros, en su mayoría, invisibles. Peligros sin nombre. Peligros que ningún padre puede ni quiere prever.

Yo tenía quince años, y ella quizás trece. Imposible recordar qué película mirábamos, ni qué amigos y amigas estaban ahí con nosotros (habíamos ido en grupo), en aquel cine de Guatemala cuya sala se ha convertido hoy en una iglesia evangélica. Al nomás apagarse las luces, ella agarró mi mano y empezó a acariciarla y a darle besitos en la oscuridad y yo no hacía más que dejarla mientras me esforzaba por esconder o disimular una formidable erección. Me susurró que saliéramos al vestíbulo. Yo no entendí por qué, pero igual le obedecí con algo de dificultad. Y ya afuera, ya solos, ella me empujó hasta sentarme en el sillar de una jardinera de cemento, se sentó a mi lado y me besó. Así nomás. Mi primer beso. Luego entramos y seguimos mirando la película como si nada importante hubiese ocurrido. Pocos años después, su padre la encontró en la bañera, muerta de una sobredosis de heroína. Habíamos perdido el contacto después de ese único beso, y yo, al enterarme de su muerte, en lo primero que pensé no fue en aquel beso, sino en su padre. Pensé en su padre tocando insistentemente la puerta del baño. Pensé en su padre forzando de un empujón la puerta del baño. Pensé en su padre entrando al baño y arrodillándose sobre las baldosas en silencio, en derrota, a la par del cuerpo desnudo y hermoso y aún tibio de su hija.

El lago

Yo lo llamaba El Lago. De niño, en la Guatemala de los años setenta, probablemente ni siquiera sabía su nombre. Tampoco me importaba. Sólo había que conducir media hora desde la capital, a través de una carretera estrecha y sinuosa —que sin falta me mareaba y hacía vomitar—, hasta llegar al chalet de mi abuelo libanés en la orilla del lago. Pasamos muchos fines de semana de mi infancia ahí, tirándonos del viejo muelle de madera, aprendiendo a nadar en las aguas heladas y azules, desenterrando del fondo antiguas vasijas y reliquias mayas, remando en unas tablas largas llamadas hawaianas mientras pececillos negros brincaban en la superficie y a veces hasta caían quietos sobre el acrílico. Suave, los empujábamos de regreso al agua.

Una madrugada, al despertar, encontramos a dos hombres indígenas flotando boca abajo cerca del muelle de madera. Estaban desnudos e hinchados. Guerrilleros, dijo mi papá, su tono carente de cualquier compasión o misericordia. Yo aún era demasiado niño para saber que los militares solían arrojar al lago los torturados cuerpos sin vida de sus enemigos. Unas semanas después, mi abuelo vendió el chalet.

A mi papá ahora lo acompañaba un guardaespaldas. También apareció en la casa un policía privado: llegaba todas las tardes y se quedaba la noche entera sentado en un banquito al lado de la puerta principal envuelto en un poncho de lana, con una escopeta negra sobre el regazo y un termo de café caliente en las manos. Poco a poco me fui acostumbrando a dormir bajo el estrépito de explosiones y tiroteos. El conflicto armado entre la guerrilla y el ejército, que llevaba ya más de una década en las montañas del país, había llegado a la capital.

Un día, en el verano del 81, hubo un combate en un barranco justo enfrente de mi colegio en la colonia Vista Hermosa. El ejército había descubierto que una casa del barranco era una guarida secreta de la guerrilla (cuartel general subversivo, dirían luego los periódicos), y empezó a bombardearla a las nueve en punto de la mañana. Los profesores nos llevaron a los alumnos a una especie de galpón cuyo interior era la cancha de baloncesto, donde nos quedamos todo el día escuchando las descargas de ametralladoras, y los cañonazos de tanques y lanzacohetes, y el zumbido de tantos helicópteros militares en el cielo (tras la artillería de una tanqueta, dirían luego los periódicos, catorce guerrilleros murieron aplastados bajo los escombros: once hombres y tres mujeres). Esa misma noche, mientras mi hermano y yo nos metíamos a la cama, mi papá nos dijo que venderían nuestra casa y que pronto nos iríamos del país, a Estados Unidos. Así fue. Huimos al día siguiente de mi décimo cumpleaños. Y yo rápido y sin darme cuenta olvidé Guatemala, olvidé mi español natal (mi lengua materna había sido rápidamente desplazada por una nueva lengua madrastra), incluso olvidé el lago. Hasta que, unos años después, al final de la década de los ochenta, durante uno de los tantos viajes de visita a Guatemala, conocí a una chica.

Era un poco menor que yo, y de una de las familias más ricas del país. Dinero viejo. Dinero de fincas y haciendas. Nos conocimos una noche, en una fiesta, y a la tarde siguiente ella me pasó a buscar en una enorme Suburban negra con vidrios antibalas. Ambos nos sentamos en el asiento trasero y fumamos algunos de mis primeros cigarrillos mientras su chofer

—armado con un revólver calibre 38— nos condujo treinta minutos por la carretera estrecha y sinuosa hasta que llegamos al chalet de su familia en el lago.

Adentro todo parecía abandonado. Los sofás y las mesas estaban cubiertas con grandes lienzos de lona. No había ninguna silla, ningún plato en la cocina, ningún edredón en las camas, ninguna copa o botella en el bar. Habían tapado las ventanas con bolsas de plástico negro. Pero por más abandonado que parecía el chalet, el lago estaba aún peor.

El agua ya no era azul profundo, sino de color marrón oscuro, chocolatoso. Espuma gris flotaba en la superficie. No había nadie en ningún lado. Nadie nadando. Nadie pescando. Nadie navegando en su lancha o velero. Ningún niño de la capital pasando ahí el fin de semana. Ningún indígena desenterrando reliquias mayas del fondo para luego venderlas. Me puse a observar todos los demás chalets en la orilla y se me ocurrió que, más que abandonados, eran ya vestigios de otro tiempo.

Estaba anocheciendo. Apenas se distinguía la silueta de los volcanes en la distancia. Murciélagos volaban justo al ras del agua y por encima de nuestras cabezas. En el terreno de la vecindad, una manada de zopilotes negros cuidaba su montaña de basura y desechos. Llegamos caminando al muelle de madera y me sorprendió percibir el olor de algo pudriéndose.

Rápido entendí que lo que estaba pudriéndose era el lago mismo. Mencioné algo sobre el mal olor. Pero ella sólo soltó una risita y se quitó toda la ropa y se lanzó desnuda al agua.

Estaba conduciendo hacia el mar. Recién había cumplido veinticinco años y había llegado a la conclusión de que absolutamente nada en mi vida tenía sentido.

Llevaba ya un par de años de regreso en Guatemala, tras haber terminado de estudiar ingeniería en Carolina del Norte. Había vivido en Estados Unidos más de diez años, pero siempre con una visa de estudiante, y cuando esos estudios terminaron también terminó mi tiempo allá y me vi legalmente obligado a regresar a un país que desconocía, a una cultura que no era la mía, a una lengua que ya apenas podía hablar. Empecé a trabajar como ingeniero, aunque siempre agobiado por un sentimiento de extrema frustración, de profunda angustia, un sentimiento que con el paso del tiempo sólo fue aumentando. Yo no pertenecía ahí. Me sentía desubicado. Pero desubicado no sólo físicamente, sino emocionalmente, espiritualmente.

Y ahí estaba, huyendo de algo en un Saab color zafiro que me había prestado un amigo, queriendo llegar al mar quizás el peor día para intentarlo. Casi todas las calles de la ciudad estaban cerradas por razones de seguridad, debido a la ceremonia oficial que se llevaría a cabo esa misma semana: después de treinta y seis años de conflicto armado interno, los militares y guerrilleros finalmente firmarían un acuerdo de paz. El país estaba lleno de observadores internacionales, presidentes, embajadores, periodistas. Me vi obligado, entonces, a buscar otra salida de la ciudad: la estrecha y sinuosa carretera hacia el lago que, luego de bordearlo, conduce al mar.

Pero esa carretera, descubrí al llegar, también estaba cerrada. No por la ceremonia en la capital, sino por una multitud de personas curiosas congregadas al lado del lago. Estacioné en la carretera misma, y salí del carro.

La orilla era una sábana plateada de pequeños peces muertos.

Aún estaba ahí. No se había marchado, cuando todos los demás se marcharon. Su chalet, aunque viejo y endeble, también seguía ahí, y él seguía acompañándolo cada fin de semana. Como un capitán que se niega a abandonar su barco mientras éste se hunde. O como uno de esos soldados japoneses que deambularon durante décadas, con sus uniformes aún puestos, buscando al enemigo, porque nadie recordó decirles que la guerra había terminado.

Había sido mi pediatra, en los años setenta. Luego se convirtió en un reconocido antropólogo. Ahora, a punto de cumplir yo cuarenta y seis años, él era el bisabuelo de mi hijo.

Estábamos echados uno al lado del otro en dos sillas de playa, enfrente del lago —él, como siempre, y pese a sus más de noventa años, en un traje de baño Speedo demasiado pequeño—, mientras esperábamos a que se enfriara un poco el agua volcánica del jacuzzi.

Acababa de contarme de cuando, en junio del 82, lo había secuestrado un grupo de cuatro soldados vestidos de civiles, en traje y corbata, justo afuera de su clínica (la sala de espera, recuerdo, se mantenía llena no sólo de los niños adinerados de la sociedad capitalina, sino también de niños pobres e indígenas, a quienes él atendía sin cobrarles). Los cuatro hombres lo metieron a la fuerza en un carro color crema, le taparon los ojos con cinta adhesiva, le colocaron esposas (chachas, decían entre ellos), y se lo llevaron al cuartel militar (al hotel, decían entre ellos). Varios de sus hijos eran guerrilleros, en la clandestinidad, y el presidente Efraín Ríos Montt —quien luego sería enjuiciado y condenado por crímenes contra la humanidad y genocidio— quería que les proporcionara información para encontrarlos. Él no sabía nada. No podía decirles nada, y no les dijo nada, a pesar de sufrir distintas y prolongadas torturas (un soldado, me contó, llegaba a su celda en las noches a aflojarle las esposas, en silencio, en secreto, para que pudiera dormir mejor; finalmente el soldado le confesaría que él había salvado la vida de su hijo, uno de los tantos niños pobres e indígenas que atendió y curó sin cobrarles). Después de más de un mes de secuestro, y debido en gran parte a la presión de activistas de derechos humanos y de organizaciones internacionales, en especial la Cruz Roja, los militares lo liberaron.

El lago ante nosotros era ahora de un color verde opaco. Verde arveja. Me pareció más vacío o más pequeño, como si con los años se hubiese encogido. Su pestilencia era casi insoportable.

A mi lado, en la silla de playa, él seguía consultando la hora en su reloj digital. Yo sabía por qué. El bar se abría a las doce.

Le pregunté por la situación actual del lago. Él llevaba ahí medio siglo. Había sido testigo de su popularidad como destino vacacional, y también testigo de su tragedia. Había visto la construcción y destrucción de todos los chalets en la orilla. Había visto sus aguas azules y cristalinas tornarse verdes y espesas y fétidas. Había visto a todos los pececillos negros desaparecer.

Está en su fase final, me dijo. Dos causas principales. Primero, muchos años recibiendo el vertido de los agroquímicos y pesticidas de tantas fincas a su alrededor. Y segundo, todas las aguas negras y desechos industriales de la capital que desembocan en el lago a través de los ríos y riachuelos, aproximadamente trescientas toneladas de sedimento cada año. Está sufriendo de eutrofización, me explicó, que es el exceso de minerales y nutrientes, y es la razón por la cual el agua se tornó verde con algas. Y también está sufriendo de colmatación, que es la contaminación del agua con materiales detríticos arrastrados.

Hablaba con voz clínica, sin emoción: un médico hablando de su paciente.

Me dijo que, al final, todo se resumía en negligencia humana e institucional. Me dijo que los expertos pronostican que el lago se secará completamente en unas pocas décadas, y que los efectos a largo plazo serán catastróficos para el ecosistema de la región. Y mientras tanto, dijo, los indígenas de aquí han perdido su forma de vida y sustento, no una casa vacacional.

Suspiró y se puso de pie, despacio, casi con dolor. Medio sonriendo, anunció que el bar estaba ya abierto, y entró a servirnos un par de whiskies.

Yo me quedé acostado en la silla de playa, mirando las aguas verdes delante de mí, intentando recordar el azul nocturno que alguna vez fueron. El cielo estaba despejado, salvo un torrente negro de golondrinas que volaban al unísono por encima de los volcanes. El sol en mi rostro se sentía tibio y agradable. Lejos, del otro lado del lago, apenas pude reconocer lo que antaño había sido el chalet de mi abuelo. El techo de tejas de arcilla roja, el césped verde que descendía hacia el agua, unos árboles de eucalipto que yo había ayudado a plantar en la tierra negra de la orilla, el viejo muelle de madera. Y mirando aquel muelle, recordé el rezo secreto y prohibido que de niño solía susurrar antes de lanzarme al agua. Como un conjuro. O como una especie de hechizo. Tenía miedo de encontrar flotando en el agua el cuerpo sin vida del niño Salomón, el hijo primogénito de mi abuelo, el hermano mayor de mi padre, o el que hubiese sido el hermano mayor de mi padre, y que se había ahogado en el lago cuando tenía cinco años, ahí mismo, en esas mismas aguas, cerca de ese mismo muelle. Nunca encontraron su cuerpo. O eso me decían.

El anfiteatro

Me entregó un ocote en llamas. Sosténgalo así, en alto, me dijo, mostrándome cómo con el suyo. Luego le recibí una antigua tinaja de barro. Me gustó sentir el barro frío y húmedo en la mano, como si tuviera en la mano un trozo del pasado, de un tiempo más diáfano y primitivo y pintado de ocres. A ver si hay suerte y cae alguno, dijo. Empezamos a caminar despacio por las calles ya vacías y oscuras de San Juan Sacatepéquez.

Creí percibir en el rostro una suave llovizna. Aunque quizás no era más que el sereno. O mis nervios. Pasamos el predio donde yo había estacionado el viejo Saab color zafiro. Pasamos unos puestos del mercado alrededor de la plaza central ya cerrados y cubiertos con toldos de plástico, negros y azules. Pasamos una cantina que probablemente era un burdel. Pasamos una penca de bananos verdes tirada a media calle. Pasamos una hilera de casas deshechas, y recordé el terremoto del 76. Pasamos un pequeño puente que atravesaba un riachuelo negro y apestoso. Pasamos al lado de un terreno grande y lleno de manzanos y con algo que en la noche me pareció un graderío descendiendo hacia un pequeño escenario. Como un anfiteatro en ruinas. Como el graderío de un anfiteatro en ruinas. Le pregunté a Ramón qué era y él se detuvo y me dijo que había sido un cine. Pero hace años, dijo. Cuando yo era joven.

Colocó su tinaja de barro en el suelo, prensada entre sus botas de hule negro. Sacó un cigarrillo del paquete de Rubios mentolados y lo encendió con el fuego de su ocote. Le acepté uno. También lo encendí con el fuego de mi ocote. Me sentí prehistórico.

Ramón me dijo que, en los años setenta, unos médicos de la capital llegaban al pueblo los fines de semana y proyectaban allí, señalando el pequeño anfiteatro con la lumbre de su cigarrillo, todo tipo de películas. Me dijo que los médicos de la capital lo habían construido ellos mismos, entre los manzanos. Me dijo que él, de joven, había visto allí varias películas de Cantinflas y otras de Pedro Infante y algunas de vaqueros. Me dijo que los médicos de la capital también proyectaban películas cortas, en lengua kaqchikel, que hacía la gente del pueblo. Me dijo que los médicos de la capital tenían una cámara pequeña de dieciséis milímetros y se la daban a la gente del pueblo y les enseñaban a usarla y les pedían que hicieran ellos mismos películas muy cortas en lengua kaqchikel sobre la naturaleza, o sobre salud básica, o sobre la gente del pueblo. Me dijo que los médicos luego proyectaban esas películas cortas en medio de las películas de Cantinflas y de Pedro Infante y de vaqueros.

Ramón apenas sonreía. Yo me quedé mirando el anfiteatro entre los manzanos (olí o creí oler los manzanos en la noche), mirando las gradas del anfiteatro ya crecidas de monte, abandonadas e inservibles. Me gustó imaginarme allí a toda la gente indígena de San Juan Sacatepéquez mirando películas cortas, borrosas, de dieciséis milímetros, en lengua kaqchikel, hechas por ellos mismos. Le pregunté a Ramón qué le había pasado al anfiteatro. Ay, dijo, ése dejó de existir. Y su voz apuró a esconderse en la noche.

Pero no me fue nada difícil adivinar el resto de la historia, adivinar por qué algo así no podía existir (para usar su palabra) en la Guatemala de los años setenta. Le pregunté a Ramón cómo habían sido las películas cortas, si acaso recordaba alguna. Pero él sólo botó el cigarrillo, lo machacó con su bota de hule negro y continuó caminando.

⁂

Pronto, casi sin darme cuenta, ya habíamos salido del perímetro del pueblo. Seguimos avanzando y llegamos a una vereda y empezamos a caminar entre viejos encinos, montaña arriba. El suelo estaba enlodado y resbaloso. Volví fugazmente la mirada. El pueblo había desaparecido.

Delante de mí, mientras quitaba alguna rama suelta del camino con su machete, Ramón me estaba hablando sobre el origen del nombre del pueblo. San Juan, dijo, es por Juan el Bautista, el santo patrón del municipio. Sacatepéquez, dijo, es en realidad por dos palabras en kaqchikel. Sacat, que significa hierba. Y tepec, que significa cerro. Le pregunté por el origen y significado de su nombre completo. Ramón López Chumil, anunció suave pero no sin cierto orgullo. Ramón López es por mi papá Ramón López y por mi abuelo Ramón López y por mi bisabuelo Ramón López. Chumil, dijo, es el apellido de mi mamá. Quiere decir estrella, en kaqchikel.

Después de un rato nos detuvimos a descansar y le pregunté a Ramón en susurros (como si mi voz pudiese espantarlos) si ese año ya había visto alguno. Ni uno, dijo. No han salido, dijo. Ya no salen tantos como antes, dijo y escupió al suelo una baba larga y viscosa.

Guardó silencio un momento, jadeando levemente, metiendo el ruedo de sus pantalones aún más entre las grandes botas de hule negro.

Antes, cuando yo era niño, dijo, nomás llegaban las primeras lluvias de mayo y subíamos a la montaña con mi papá y atrapábamos zompopos, pero muchos, por montones. Nos caían del cielo, dijo con la seriedad de un apóstol. Fíjese usted. Solitos ellos nos caían del cielo y volaban hacia las llamas del ocote y con mi papá los íbamos recogiendo de la tierra y metiendo en nuestras tinajas. No cabían tantos en nuestras tinajas. De ahí regresábamos a la casa y mi mamá los echaba todos en una palangana llena de agua, para lavarlos, antes de irles quitando alas y patitas y cabezas, pues sólo se come el pequeño cuerpo redondo de cada zompopo. Después ella ponía en el comal los cuerpos de los zompopos y los iba tostando con un poco de sal. Creí ver a Ramón sonreír en la luz ambarina. Un plato muy sabroso, dijo. Nomás para ocasiones especiales.

Continuamos por el bosque en silencio, yo resbalándome un poco en el lodo con cada pisada, esperando que los zompopos cayeran del cielo y volaran hacia las llamas de mi leño de ocote. Quería verlos, atraparlos, probar por primera vez ese tentempié sabroso y salado y crujiente y reservado sólo para ocasiones especiales.

Llegamos a la cima de la montaña. Ramón, acuclillado, su mirada adormecida o resignada, guardaba silencio. Pensé en decirle que no se preocupara: entendía que el cielo se había vaciado ya de zompopos de mayo (yo tendría que esperar algunos años antes de por fin probar uno, en una ocasión nada especial, dentro de un comedor sin nombre en la orilla del lago de Amatitlán). Pero sólo le pedí otro cigarrillo. Y ambos nos quedamos esperando inútilmente mientras fumábamos en la sordina mentolada de la noche, nuestros ocotes ya apenas encendidos, nuestras tinajas de barro casi olvidadas sobre la tierra.

Había una película corta sobre una vacuna, dijo de pronto Ramón en la penumbra. Entre las películas que hacía la gente del pueblo, añadió, para los médicos de la capital. Aunque seguía acuclillado delante de mí, yo apenas podía verlo en la oscuridad de la noche nublada y sin luna. Chikop, decía la pantalla al inicio de esa película corta, dijo la voz de Ramón en la noche. Chikop, repetí. Quiere decir animalito, en kaqchikel, dijo. Primero, dijo, salía en la pantalla un niño del pueblo que tenía la cara toda pintada de puntos rojos. Después salía otro niño a su lado, sano, pero al rato ése también salía con la cara toda pintada de puntos rojos. Y así, iba llegando niño tras niño a la pantalla y a cada niño de repente se le llenaba la cara de puntos rojos. Chikop, decía la voz en kaqchikel. No Dios, decía la voz en kaqchikel. Después salía en la pantalla una vacuna y la voz en kaqchikel decía que los puntos rojos se quitaban con una vacuna. Que era gratuita, decía la voz en kaqchikel, que uno podía llegar los fines de semana a ponerse la vacuna allí mismo, con los médicos de la capital. Luego salían en la pantalla todos los niños jugando, contentos, sus caras ya limpias. Y se terminaba la película.

Había una película corta sobre la técnica del gato, dijo Ramón. Así le decían los médicos de la capital, dijo. La técnica del gato. Volví a sentir una suave lluvia en el rostro. La única luz era la lumbre de las ascuas de nuestros ocotes. Salía en la pantalla un señor caminando entre el monte, dijo la voz de Ramón en la noche. Y en eso el señor se bajaba los pantalones y se agachaba y hacía sus necesidades allí mismo, en el monte. Después salía en la pantalla el dedo del señor echándole tierra a sus necesidades, dizque tapándolas con tierra, así, usando un dedo. Ramón hizo una pausa breve, necesaria para fumar o quizás para vencer su pudor. Y una voz en kaqchikel decía que hay que hacer como hace un gato.

Había una película de una libélula, dijo Ramón en la noche. B'atz'ibal, dijo. Así decía una voz en kaqchikel. Quiere decir aguja del diablo, en kaqchikel. La libélula se estrellaba contra el vidrio de una ventana. Una y otra y otra vez. La libélula quería salir por la ventana, pero la ventana estaba cerrada. Una voz en kaqchikel decía que la naturaleza de una libélula es volar de vuelta a las orillas del río.

Había una película de los pies de la gente del pueblo, dijo Ramón. La gente del pueblo estaba en fila. Esperaban algo. Pero en la pantalla sólo salían los pies descalzos de la gente del pueblo. La película, en la pantalla, se movía hacia delante en la fila, pero sólo se miraban los pies descalzos de la gente del pueblo. Nada más. Sólo pies descalzos. Pies descalzos de hombres. Pies descalzos de mujeres. Pies descalzos de niños. Pies descalzos de ancianos. Muchos pies descalzos. Todos en fila, como esperando avanzar hacia algo. Pero lo único que avanzaba era la película. Los pies descalzos de la gente del pueblo nunca avanzaban. K'o ak'wala' taq winäq choj chik nimoymot yetzu'un, decía la voz en kaqchikel. Hay personas que todavía son jóvenes y ya no miran bien.

Había una película corta donde salía una mujer medio desnuda, dijo Ramón. Yo apenas podía ver su tenue silueta en la noche, acuclillado y pequeño en la noche, pero estaba seguro de que me lo había dicho sonriendo con la picardía de aquel niño sentado en el anfiteatro, entre los manzanos, en los años setenta. Lo oí exhalar una bocanada de humo mentolado. Primero salía una vaca, dijo Ramón, y una voz en kaqchikel decía que la leche de la mamá vaca era para el ternero. De ahí salía una cabra, y una voz en kaqchikel decía que la leche de la mamá cabra era para el cabrito. De ahí salía una perra, y una voz en kaqchikel decía que la leche de la mamá perra era para el cachorro. De ahí salía una mujer del pueblo, y se sacaba una teta grande y morena, y una voz en kaqchikel decía que la leche de la mamá era para el bebé. Ramón se rió suave, como con timidez, o como con astucia, o como con la serenidad de sus años. En la noche, cerca de nosotros, una rana croaba.

Beni

Quería preguntarle si de verdad había tenido que comerse a su propio perro. Me pareció, sin embargo, una pregunta impúdica, casi impronunciable, y entonces sólo me ajusté el cinturón de seguridad y sentí un poco de náusea por la imagen del perro destazado o quizás por su manera tan brusca de conducir la camionetilla blanca. Afuera, la ciudad de pronto era otra.

¿Y le gusta a usted vivir allá en Estados Unidos?

Yo me estaba esforzando por mirar hacia delante y así no marearme tanto, pero seguía buscando con la mirada sus manos sobre el volante. Unas manos demasiado pálidas y finas y pequeñas, se me ocurrió, para haber hecho todo lo que quizás hicieron.

Le contesté que sí, me gustaba. Aunque sabía que su pregunta no era una pregunta sino más bien un juicio.

Atravesábamos una zona derruida de la capital. Todas las construcciones tenían un aspecto inacabado: paredes de ladrillos y cemento crudo, techos de hojalata, columnas con hierros expuestos, ventanas con los vidrios rotos o sin vidrio alguno. El asfalto de la calle estaba lleno de hoyos; hacía rato que él ni siquiera intentaba esquivarlos.

Hule quemado, dijo.

Yo había percibido el mismo olor, y también un ligero vaho negro en el aire, pero no sabía qué era.

Manifestantes aquí cerca, dijo, incendiando llantas. Adentro de la guantera hay un pañuelo y un bote de vinagre, si le molesta el olor.

Nos detuvimos ante un semáforo rojo. En una esquina estaba hincado un anciano indígena, harapiento, desolado, con la mano extendida. En la otra esquina nos observaban dos jóvenes con apariencia de pandilleros, o acaso no nos observaban a nosotros sino a la camionetilla blanca, y yo sentí un fuerte impulso de subir la ventana y echarle llave a la puerta. Pero recordé la pistola que él siempre llevaba enfundada debajo de su saco de poliéster marrón.

¿Y está usted trabajando allá?, me preguntó, limpiándose el sudor de la frente con una mano. Yo pude haberle dicho que no, que recién había terminado el primer semestre de ingeniería en la universidad, pero me quedé callado. Y él ya no preguntó más.

Llegamos a un inmenso portón verde musgo. Había una garita de seguridad a un costado, pintada del mismo verde musgo. Encima de la garita, una bandera colgaba flácida desde la punta de un asta, como un trapo blanquiceleste.

Una vez yo también me marché para Estados Unidos, dijo.

Estiró una mano demasiado pequeña y alcanzó el paquete de Rubios sobre el tablero y encendió un cigarrillo. En su antebrazo, descubrí, tenía un tatuaje mal trazado y ya borroso de dos jaguares.

No en un avión como usted, exhalando rápido una bocanada de humo para marcar la diferencia entre su viaje y el mío. Yo tenía quince años, dijo, y salí a pie, solito, con nada más que un morral de lana. Conseguí llegar hasta Mapastepec, donde dos policías mexicanos me agarraron mientras comía unos tacos. Después me metieron en un camión junto con otros muchachos y unas horas más tarde nos dejaron a todos tirados del otro lado de la frontera. Y ya por aquí me quedé, bien portadito, y sonrió una sonrisa de mercurio.

Se abrió un poco el portón. Un hombre joven y moreno sacó la cabeza. Al vernos empujó el portón como con prisa hasta abrirlo por completo. Avanzamos despacio al lado del hombre —su cuerpo erguido, su rostro impávido, su mano derecha firme en la frente—, quien nos espetó una frase tosca que no llegué a comprender. Y entramos al cuartel militar.

¿Fuma usted?

Me lo preguntó en un susurro, mientras caminábamos a través de un estacionamiento al aire libre, entre soldados y patrullas militares y camiones con toldo verde y una antigua tanqueta de adorno y un pastor alemán completamente negro que no nos quitaba la mirada de encima, con la correa amarrada al tronco de un ciprés, y sus colmillos blancos visibles pese al bozal.

Yo le dije que a veces.

Cerca del pastor alemán, un militar ya mayor estaba parado en medio de un pequeño pedazo de césped. Llevaba botas negras y una boina roja. En su mano derecha sujetaba un machete.

¿Cómo que a veces?, burlón.

El militar de pronto alzó el machete y, con el costado de la hoja, golpeó una pluma de bádminton que salió volando por encima de una red invisible hasta aterrizar del lado opuesto del césped. Y el militar, su puño elevado, celebró como si hubiese ganado el punto.

Uno fuma o no fuma, dijo.

El militar salió corriendo hacia donde había caído la pluma. La recogió del suelo y la golpeó con el machete de vuelta hacia el otro lado del césped. El pastor alemán ladró un par de veces, mirando cómo el proyectil volaba muy por encima de la red invisible y aterrizaba cerca del ciprés. Y el militar, su machete en alto, volvió a celebrar el punto.

Pues ahí dentro, me dijo señalando el edificio y extendiéndome el paquete de Rubios mientras el militar gritaba algo y celebraba otro punto atrás de nosotros, es mejor si usted fuma.

Me sorprendió que el interior del Cuartel General de Matamoros no era más que una oficina burocrática. Había hileras de escritorios de metal y sillas de metal y soldados con aire de metal, todos pulcramente uniformados y moviéndose con el lento y predecible letargo de maniquís eléctricos en una vitrina. También me sorprendió que, a pesar de tanto movimiento y tantos soldados, había un silencio casi afónico. Un silencio de ventiladores de pie y voces en sordina y máquinas de escribir y el ocasional timbre de algún teléfono. Un silencio que me hizo pensar en una sábana recién lavada en la brisa. Quizás por la cantidad de personas fumando, la poca luz era amarilla y ahumada: tardé en darme cuenta de que las ventanas estaban clausuradas con barrotes y los cristales pintados de negro. En la entrada del salón, seco y abandonado, apenas titilaba un árbol navideño.

Iba detrás de él, fumando, observando cómo se movía entre los escritorios de metal con pasos estoicos y decididos. Los soldados, desde sus sillas, lo saludaban: la mayoría con unas pocas palabras o un simple movimiento del mentón, y unos cuantos poniéndose de pie y estrechándole la mano. Ninguno me saludó a mí. Ninguno me miró. Como si yo no existiese o como si ahí dentro estuviese prohibido mirar a un civil.

Llegamos al último escritorio, en el fondo del salón. Una mujer menuda y delgada se puso de pie, y a mí de inmediato me pareció demasiado niña para trabajar en un cuartel militar.

¿Tiene todo lo que le pedí?, me preguntó él con discreción, una mano pequeña y tibia en mi hombro, la otra machacando su cigarrillo en un cenicero de pedestal lleno de colillas. Y yo, tras también machacar mi cigarrillo en el cenicero, le entregué un sobre blanco que él rápidamente guardó en la bolsa interior de su saco de poliéster marrón. Bien, y esto es para usted, dijo, dándome su paquete de Rubios. Yo tengo otro, y soltó una risita que primero juzgué irónica, luego perversa. Aquí lo dejo con la señorita, dijo, y sin más se encaminó despacio por un pasillo largo y oscuro hasta llegar a una puerta negra y abrirla sin tocar con los nudillos ni pedir permiso y finalmente cerrarla tras de sí.

Siéntese, dijo con una voz de chirimía.

Todos le decían Beni. Yo siempre lo conocí como Beni. Aunque hace poco, al ver su esquela en el periódico, me enteré de que su nombre había sido Benito Cáceres Domínguez. O así le diremos aquí. Por razones de seguridad, ese será su nombre.

No recuerdo si Beni había sido empleado de mi abuelo libanés, o si había sido empleado de mi papá, o si no había sido empleado ni de mi abuelo libanés ni de mi papá y ellos sólo lo contrataban puntualmente para ayudar con trámites y gestiones oficiales. Yo lo miraba poco. Sabía poco de él, más allá de que siempre iba vestido con una camisa de botones y un saco de poliéster marrón, y que conducía una vieja camionetilla blanca como de repartidor, y que invariablemente llevaba una pistola bien enfundada en su costado. De niño, yo estaba convencido de que había visto a Beni por primera vez una noche merodeando en la casa de mi abuelo junto con otros militares, mientras uno de mis tíos leía el futuro en los posos de un café turco y uno de los militares se encerraba con mi abuelo en la intimidad del estudio. Pero luego, ya de adolescente, mi papá me dijo con énfasis —con demasiado énfasis, se me ocurrió entonces o se me ocurre ahora— que Beni jamás estuvo ahí esa noche. Beni, antes, me dijo, había sido un kaibil. Cuando le pregunté qué era un kaibil, mi papá me contestó que un soldado, y no quiso decirme más. Pero por su expresión, o quizás por su tono terminante y nervioso, yo de inmediato entendí que un kaibil no era sólo un soldado, o no un soldado cualquiera.

Los kaibiles, me iría enterando con los años, son los comandos de élite del ejército guatemalteco, altamente entrenados desde el inicio de los años setenta, en pleno conflicto armado interno, para operativos de contrainsurgencia y enfrentamientos en la selva. Su nombre deriva del príncipe y guerrero maya Kaibil Balam (aquel que tiene la fuerza y astucia de dos jaguares, en lengua mam), quien debió pasar una serie de pruebas antes de recibir el título de heredero del trono, y quien luego (gracias a la fuerza y la astucia de los dos jaguares) jamás pudo ser capturado en la selva por los conquistadores españoles.

El entrenamiento de los soldados kaibiles es ya una mezcla de leyenda y espanto.

Transcurre durante sesenta días en un caserío de la selva tropical de Petén llamado El Infierno (un rótulo en la entrada advierte a los jóvenes soldados de su porvenir: Bienvenidos al Infierno). Aparte de la instrucción en situaciones extremas de combate y técnicas de tortura para obtener información de insurgentes, los reclutas son sometidos a una serie de pruebas psicológicas denigrantes y de confianza. Como tirarse con los ojos vendados desde un puente o un helicóptero. Como ser despertados cada hora, o no dormir del todo durante varias noches. Su único alimento diario —un escaso puñado de arroz y frijoles— debe ser consumido con las manos en menos de tres minutos. El hambre, entonces, impuesta metódicamente, es devastadora. Un hambre que llega al extremo en la prueba final, oficialmente llamada El Destazamiento de la Mascota: el recluta deberá pasar dos semanas en una isla desierta e inhóspita, donde tendrá que emplear todos sus conocimientos para sobrevivir. Su compañero en la isla será un pequeño cachorro que recibió al inicio del entrenamiento y que cuidó y mimó durante los sesenta días, y el cual ahora tendrá que desollar y destazar con un machete o con sus propios dientes y beberse su sangre y comérselo crudo para así poder sobrevivir y convertirse finalmente no sólo en un kaibil, sino también —como dice el noveno decreto del Decálogo de los Kaibiles— en una máquina de matar.

La señorita no había parado de teclear con sus dedos de niña. Varias veces pensé en decirle o preguntarle algo, cualquier cosa para no sentirme abandonado, pero parecía tan concentrada que no me atreví a interrumpirla. Ocasionalmente, se acercaban soldados y le dejaban papeles y carpetas sobre el escritorio sin que ella siquiera alzara la mirada. Otros soldados entraban y salían por la puerta negra al final del pasillo. Y mientras tanto yo seguía fumando porque no tenía nada más que hacer, o porque Beni me había advertido que ahí dentro era mejor si fumaba, o porque con el paso del tiempo sólo iba aumentando mi sensación de angustia. ¿Y si no era un simple trámite, como me había dicho mi papá el día anterior, en el cementerio?

Estábamos parados ante la tumba de mi abuelo libanés, que había muerto de un infarto mientras yo terminaba mis cursos en la universidad. Y ahora, transcurridos más de treinta días desde su entierro —según dicta la tradición judía—, podíamos ya colocar la lápida. Una lápida de mármol blanco, rectangular, formidable, con el nombre de mi abuelo cincelado en negro, que era también mi nombre cincelado en negro.

Es un simple trámite protocolario, me susurró mi papá mientras el rabino pronunciaba no sé qué rezo en hebreo bajo una ligera llovizna, rodeado de mis familiares con gabardinas negras y paraguas negros. No significa nada, continuó mi papá en susurros. Y además es su deber. Le guste o no, viva en Guatemala o no, usted sigue siendo guatemalteco, y todo guatemalteco de dieciocho años tiene que inscribirse oficialmente en el ejército y recibir su carnet militar. Así lo dicta la ley, sentenció autoritario y no dijo más y yo me quedé escuchando al rabino rezar en un hebreo incomprensible y mirando mi nombre cincelado en negro y pensando que de alguna manera esa también era mi lápida.

Me sorprendió el silencio.

La señorita, por primera vez, había parado de teclear y estaba colocando un paño de gamuza roja sobre la vieja máquina de escribir con el cuidado de una madre que abriga a su hijo a punto de dormirse. Luego, tras recoger los papeles y las carpetas del escritorio y meter todo en una gaveta que cerró con llave, empezó a ponerse una sucesión de sudaderas y suéteres y chaquetas que parecía no terminar nunca. Primero un suéter ligero color turquesa, después un suéter gris de botones, después un suéter de lana azul marino, después una sudadera blanca, después otra sudadera blanca con capuchón, después una gruesa chaqueta de invierno, después un manto largo e impermeable. Me quedé observándola, perplejo, pues el calor adentro y afuera del cuartel era brutal. Se me ocurrió la posibilidad de que estuviese enferma, quizás con fiebre, quizás con algo mucho peor. No tuve oportunidad de preguntarle. Mirándola ponerse de pie y apagar una lamparilla y agarrar su bolsón de mano, finalmente entendí que eran las cinco de la tarde y que ella estaba por retirarse, y que todos los demás empleados también estaban guardando sus cosas para retirarse, y que yo me quedaría ahí, solo, en medio de un lóbrego cuartel militar. Y entonces también me puse de pie como para hacerme presente y escuché una voz similar a la mía —aunque una octava más aguda— preguntándole en balbuceos si debía permanecer ahí, si tardaría mucho más, si era un simple trámite.

La señorita se detuvo y me miró con una mirada

llena de algo que igualmente pudo haber sido desdén o misericordia.

No sabría decirle, dijo, dio media vuelta y se marchó.

Yo me volví a sentar. Encendí el último cigarrillo mientras notaba cómo las lámparas del techo se iban apagando. Lejos, en el lado opuesto del cuartel ya ensombrecido, aún chispeaban las lucecitas verdes y rojas del árbol navideño.

Los cincuenta y ocho kaibiles no estaban vestidos de kaibiles. Esa misma tarde, mientras se preparaban, habían recibido la orden de sus comandantes de disfrazarse de guerrilleros: playera verde olivo, brazalete rojo, pantalones de lona. También les habían ordenado dejar atrás sus armas militares (escopetas Galil y M-16) y llevarse armas típicas de guerrilleros (pistolas y rifles viejos). A las nueve de la noche del 5 de diciembre del 82, los cincuenta y ocho kaibiles se subieron a dos camiones no militares y salieron de la base aérea de Santa Elena, Petén. Condujeron más de dos horas bajo la lluvia torrencial hasta detenerse frente a una entrada de terracería. Era casi medianoche. Los kaibiles salieron de los dos camiones —que dejarían ahí abandonados— y empezaron la caminata de seis kilómetros a través de la selva. Otro hombre los guiaba en la oscuridad, en silencio. Iba descalzo. Su ropa de campesino estaba rasgada. Llevaba las manos atadas detrás de la espalda y una soga en el cuello. Finalmente, a las dos y media de la madrugada, los kaibiles llegaron a la aldea. Seguía lloviendo. Se dividieron en grupos de tres y cuarto y fueron rancho por rancho, gritando, tumbando puertas, hasta haber despertado a las más de cincuenta familias. Metieron a los hombres dentro de una pequeña escuela con paredes de guano. Mujeres y niños fueron repartidos entre las dos iglesias, una católica y la otra evangélica. Exigían saber dónde tenían escondidos los diecinueve fusiles. Nadie en la aldea entendía. No sabían que dos meses atrás, en una emboscada cerca de ahí, la guerrilla había matado a veintiún soldados, robándose a la vez diecinueve fusiles. Ahora el gobierno militar creía que los diecinueve fusiles estaban escondidos en esa aldea perdida de la selva tropical, y que sus habitantes eran colaboradores de la guerrilla. Área roja, la llamaban. A las seis de la mañana, con el alba apenas rompiendo, y tras informar por radio a sus comandantes que no había fusil ni propaganda comunista ni guerrillero alguno en la aldea, los cincuenta y ocho kaibiles recibieron la orden final: Vacúnenlos a todos.

⁂

Era ya de noche. O tal vez no. Imposible determinarlo con las ventanas pintadas de negro. Y es que las manecillas del reloj no funcionan de la misma manera adentro de un cuartel militar.

Sentado en la penumbra, mi miedo y ansiedad sólo aumentaban cada vez que se me ocurría la idea descabellada de levantarme y caminar por el laberinto de escritorios para buscar una posible puerta de salida. ¿Salir a dónde? ¿Irme a dónde? ¿Y cómo? ¿Y si el viejo militar seguía afuera en el césped jugando bádminton con su machete? ¿Y si algún soldado me detenía y me preguntaba quién era y qué hacía en el cuartel a esa hora? Ya ni siquiera tenía un documento de identidad; se los había entregado todos a Beni en el sobre blanco, con los dólares. No, era más prudente no moverme de ahí, esperar ahí. Lo único que me daba cierta sensación de seguridad era la silla misma, y me aferré a ella tanto mental como físicamente (no advertí o no me importó el dolor en las manos, prensadas hacía rato a los costados). Desde la silla había observado cómo la silueta de una señora de limpieza barría el salón entero, luego trapeaba el salón entero, luego vaciaba todos los pequeños botes de basura. Desde la silla había observado cómo sombras de soldados pasaban caminando deprisa entre los escritorios, siempre ignorándome. Y desde la silla seguía observando con esperanza la puerta negra al final del pasillo, aunque hacía rato que ya nadie entraba ni salía.

Cerré los ojos, no sé si por desasosiego o por cansancio o por ya dejar de observar tanto. Sentía en la boca un sabor extraño que pudo haber sido el sabor a cigarrillos baratos, pero indistintamente pudo haber sido el sabor a derrota. Respiré profundo y hasta empecé a calmarme un poco cuando de pronto creí escuchar unos gemidos guturales, ásperos, como los de un animal malherido. Y por primera vez me pregunté si en algún lugar recóndito del cuartel había calabozos y prisioneros. En el sótano, quizás. O arriba, en un segundo piso. O del otro lado de la puerta negra al final del pasillo. Eran los últimos días del 89 y el país seguía sumido en el conflicto armado interno y no era descabellado pensar que ahí mismo, arriba o abajo o atrás de mí, hubiesen prisioneros de guerra. El cuartel dejó de ser una oficina burocrática y yo decidí que era mejor no cerrar los ojos para así no tener que escuchar gemidos de sufrimiento ni imaginarme prisioneros en algún calabozo. Y exasperado, ya al borde de algo, de pronto recordé la fábula del sapo que, unas semanas atrás, para ilustrar un concepto de termodinámica, había contado mi profesor de física de la universidad.

En el auditorio había quizás doscientos estudiantes de primer año, casi todos medio dormidos debido al desvelo o al aburrimiento, cuando así, de la nada, el viejo profesor empezó a hablar de la teoría del sapo hervido. Nos dijo que si uno introduce un sapo en una cacerola de agua hirviendo, el sapo rápidamente brincará hacia fuera y se salvará. Pero que si uno lo introduce en una cacerola de agua templada y después empieza a aumentar poco a poco la temperatura en la hornilla, el sapo no se dará cuenta de esos ligeros aumentos y morirá hervido dentro de la cacerola (el auditorio entero permaneció mudo ante semejante imagen). Pero el profesor rápido levantó una mano con teatralidad, como diciendo deténganlo todo, y nos explicó que se trababa nada más que de una fábula, que la teoría del sapo hervido, según los científicos, era incorrecta. Ya en el siglo XIX, nos dijo, el fisiólogo alemán Friedrich Goltz, mientras hacía experimentos para buscar la ubicación exacta del alma, demostró que al nomás llegar la temperatura del agua a 25° C un sapo se salía de la cacerola. Y es que el sapo es un anfibio, nos explicó, que autorregula su temperatura corporal cambiando constantemente de sitio. Termorregulación, se llama. Entonces, dijo, si puede, un sapo siempre se saldrá de la cacerola. Algunos estudiantes se rieron. Otros suspiraron. Yo no entendí nada. Y estoy seguro de que ninguno de los presentes tampoco entendió nada de la anécdota del viejo profesor, quien ya nos había dado la espalda y estaba escribiendo en el pizarrón la fórmula de la primera ley de termodinámica ($\Delta U = Q - W$), la cual expresa que la energía total del universo no se crea ni se destruye sino que se mantiene constante, al lado de su mal dibujo en tiza blanca de un sapito sonriendo.

Y sentado en la penumbra del cuartel militar, pensé: yo soy el sapo. Pensé: esta silla es la cacerola. Pensé: una mano militar gigantesca está girando la manecilla para aumentar la temperatura del agua. Pensé: me quieren hervir vivo. Pensé: me estoy hirviendo vivo. Pensé: Eduardo Halfon, cincelado en negro. Pensé: el alemán Friedrich Goltz no encontró la ubicación exacta del alma pero sí comprobó que la hipótesis del sapo hervido era incorrecta. Pensé: termorregulación. Pensé: debo brincar.

Entonces brinqué de la silla y corrí los veinte o treinta pasos hasta llegar a la puerta negra al final del pasillo y la golpeé con el puño como si mi propia existencia dependiera de ello y la puerta, de repente, se abrió.

Un bebé de tres meses fue lanzado vivo a un pozo seco. Era mediodía. Los cincuenta y ocho kaibiles se dirigieron entonces a las dos iglesias y sacaron a todos los niños y los colocaron en fila mientras les decían que no se preocuparan, que nada más los iban a vacunar. Los mayores recibían un golpe en el cráneo con una almádana o un tiro en la frente y luego eran arrojados en el pozo. A los más pequeños bastaba sujetarlos de los pies y golpearlos contra un muro o contra el tronco de un árbol y luego botarlos en el pozo. Las niñas y mujeres, antes de caer muertas o medio muertas en el pozo, fueron violadas. Siguieron los hombres. Cada uno, de rodillas y con los ojos vendados, era interrogado y torturado y golpeado y baleado y lanzado al pozo. La matanza finalmente terminó a las seis de la tarde. Llegó la noche y del pozo salían ruidos y sollozos y un kaibil dejó caer una granada para silenciarlos. Aún estaban vivas algunas mujeres en la aldea: los kaibiles necesitaban su cena de tortillas y frijoles. En la mañana, volvieron otros quince campesinos que habían estado trabajando lejos, en sus siembras de maíz. Pero el pozo estaba ya demasiado lleno. Entonces los kaibiles prendieron fuego a los cincuenta ranchos y a la escuela con paredes de guano y a la iglesia católica y a la iglesia evangélica y se llevaron con ellos a los quince campesinos y también a las últimas mujeres de la aldea y más tarde, ya en la profundidad de la selva, degollaron y luego fusilaron a todos excepto a un niño, que logró escapar corriendo entre los árboles, y a dos niñas de catorce y dieciséis años, a las que disfrazaron de guerrilleras y conservaron vivas durante tres días, violándolas repetidamente mientras atravesaban la maleza. Dejaron el cadáver de una tirado entre los matorrales, el cadáver de la otra colgado de la rama de un árbol.

Años después, antropólogos forenses recuperarían del pozo las osamentas de 162 personas. La aldea, que se llamaba Dos Erres, ya no era más que monte y serpientes.

Uno de los cincuenta y ocho kaibiles, según testigos, fue Benito Cáceres Domínguez.

Había un hombre de mediana edad parado del otro lado de la puerta negra, su mano aún sosteniendo la manecilla. Tenía el pelo alborotado, la camisa medio abierta, el rostro enrojecido y cubierto de gotitas de sudor. Su cuerpo rollizo y flojo se mecía ligeramente, como buscando balancearse. Su mirada parecía ya no mirar nada.

Aquí la tiene, me balbuceó con un vaho de ron, entregándome una cartulina oficial, endeble y celeste.

No sé por qué no lo había reconocido. Quizás porque no esperaba que él mismo abriera la puerta negra, o porque había muy poca luz en el pasillo, o porque su transformación física iba más allá de sólo haberse quitado su ubicuo uniforme de poliéster marrón. Ahora todo él era otro. Su semblante era otro. Su cuerpo era otro. Su aspecto era otro. Sus dos jaguares en el antebrazo eran ahora dos jaguares feroces, perfectamente trazados. Como si al cruzar el umbral de la puerta negra él también hubiese cruzado un umbral más negro y más metafísico para transformarse de nuevo en un kaibil.

Pase.

No había nada detrás de él. O al menos yo no lograba distinguir nada. Ni una persona. Ni un ruido o gemido. Ni un calabozo.

Quería decirle que prefería no entrar, que no podía entrar, que yo no tenía nada que ver con lo de ahí dentro, que mejor me regresaba a la silla y lo esperaba sentado en la oscuridad. Pero no me salían las palabras.

Pase, volvió a decir Beni, su voz ácida, su mirada como un puñal. Y esta vez me quedó claro que no era una invitación. Era un mandato, una orden, de un soldado a otro.

Réquiem

No esperábamos que muriera tan rápido. Estaba grave, ya desahuciado del cáncer que cuatro años atrás le habían descubierto en el colon. Pero la doctora del hospital en Logroño nos había dicho por teléfono que no nos apuráramos por llegar a despedirnos de él, que aún le quedaban tres meses de vida, más o menos. No duró ni una semana. Y mi hijo de año y medio, entonces, en vez de hacer su primer viaje transatlántico a España para despedirse de su abuelo riojano, viajó para enterrarlo. O para enterrar sus cenizas, en el pequeño cementerio de Matute, su pueblo natal, donde antes de ser padre él ya había sido padre.

El abuelo de mi hijo, antes de tener sus propios hijos, había sido padre jesuita. Contaba que, de niño, mientras crecía en una familia rural en el norte de España, un misionero que deambulaba por ahí le había dicho que en Latinoamérica la pobreza y el analfabetismo prendían como fuego en pinada seca. Y que nunca olvidó esas palabras, ni la imagen de una pinada seca ardiendo en la montaña hasta devorar a toda la gente, ni el sentimiento de desasosiego que desde niño sintió hacia los más pobres. Llegó a Guatemala al final de los años sesenta, ya ordenado y vestido de padre jesuita. Pero al ver en persona la pobreza de los indígenas y marginados, dejó la sotana negra de la Compañía de Jesús por la sotana invisible y poderosa de la lucha armada de los guerrilleros y el compromiso social, y dedicó el resto de su vida a ayudar a los pobres, a los obreros, a los campesinos, a los indígenas de un país que tanto los maltrata y menosprecia. Ahora, décadas después, por fin había regresado a su pueblo natal para morir, y sería enterrado la misma tarde que nosotros llegamos a Matute, desvelados y agotados tras veinticuatro horas de aviones y aeropuertos y un carro alquilado en Barajas.

Sus cenizas estaban en una caja de madera rústica, sobre una mesita de madera aún más rústica en el altar de la iglesia del pueblo.

Me tocó cuidar a mi hijo durante la misa. Al inicio estuvo sentado en mi regazo, en la primera fila, callado y muy entretenido mientras duró la canción de un guitarrista. Pero luego, cuando el cura empezó su discurso largo y soberbio, mi hijo se inquietó y se puso a balbucear recio que quería más guitarra. Me apuré a sacarlo de la iglesia.

Era el final de la tarde. Afuera caía una ligera llovizna y nos tuvimos que parapetar en el zaguán techado a un costado de la iglesia. También estaba ahí un anciano del pueblo vestido en saco de lana y corbata, de pie, fumando tabaco negro. No nos saludó. Había sillas de plástico apiladas en una esquina y dos o tres mesitas del mismo plástico en otra, como si ese espacio también fuese la terraza de los domingos del único bar del pueblo, ubicado justo enfrente. Mi hijo me pidió que lo bajara al suelo y de inmediato se puso a caminar de un lado al otro del zaguán, tambaleándose, buscando mi dedo índice cuando se topaba con algo y necesitaba ayuda para dar la vuelta. Se topó con una pared de piedra. Luego se topó con el anciano, que sólo continuó fumando. Luego se topó con un pequeño bote de aluminio y yo le dije que era el bote de basura, pero que estaba sucio y que mejor no lo tocara. Mi hijo entonces pareció entender algo y empezó a recoger del suelo pedacitos de papel y cartón y servilletas y colillas aplastadas y a depositar todo en el bote de basura. El anciano lo observaba en silencio, con el ceño fruncido. Se oía la voz imperiosa del cura a lo lejos. Mi hijo, concentrado, lanzaba un grito triunfal cada vez que lograba encestar algo en el bote. Y yo sólo sonreí y me hice a un lado y me quedé mirándolo limpiar con felicidad y orgullo todo el suelo del zaguán de la iglesia, durante el resto del réquiem por su abuelo.

La pecera

Llevaba horas caminando sin mapa y sin noción alguna de los barrios de Bruselas y sin preocuparme del frío y de una ligera llovizna nocturna que apenas mojaba. Había caminado por callejuelas estrechas, por bulevares señoriales colmados de turistas, por plazas con indigentes dormidos y aferrados a sus pertenencias, por un enorme parque en cuyo perímetro estaban enlazadas las ramas de un castaño con el siguiente, como si todos los castaños formaran un solo castaño, abigarrado y horizontal. Cuando salí del parque, no sé si por cansancio o descuido, empecé a cruzar una gran avenida sin mirar antes en ambas direcciones, y sólo el grito histérico de un viejo belga me despabiló y me hizo brincar de vuelta a la acera y logró salvarme de un enorme tranvía amarillo que me pasó golpeando con algo en el abdomen, y sin más continuó su ruidoso traqueteo sobre los rieles. Se me fue el aliento unos instantes. Me sentí un poco mareado. Aún no tenía dolor alguno, quizás por la adrenalina o el miedo, pero igual pensé que iba a caer ahí mismo: un guatemalteco desmayado entre los demás peatones, en medio de Bruselas. Y el viejo belga que había gritado, en vez de preguntar si estaba bien, se puso a insultarme con cuanta injuria sabía en francés y en holandés y acaso en un híbrido de los dos idiomas oficiales de la ciudad. Me escabullí deprisa por la acera. A dos o tres cuadras aún escuchaba sus alaridos.

Llovía ahora más fuerte. Yo caminaba sin ganas, sin mucho ímpetu, sosteniéndome el vientre con una mano como si de pronto algo importante se me fuera a derramar por el ombligo. Pero después de unos minutos empecé a respirar de nuevo, a olvidar no sólo el peligro y el golpe, sino también la vergüenza.

Al rato llegué a una serie de gradas que descendían hacia una pequeña plaza. Me detuve y descubrí que abajo en la plaza había un jardín y una pileta sin agua, de forma cuadrada, con dos niños de bronce verde cabalgando sobre tortugas marinas. Del otro lado de la pileta, frente a una antigua puerta de madera y vidrio, había un grupo de jóvenes fumando. Pensé en unirme a ellos, en pedirles un cigarrillo y fuego y también un poco de calor humano. Pero en eso los jóvenes me miraron hacia arriba y musitaron algo entre ellos, riéndose entre ellos mientras lanzaban sus colillas hacia la pileta y entraban por la puerta de vidrio. Me sentí viejo. Empecé a bajar las gradas despacio, una mano sobre mi vientre, la otra contra la pared. Y aún de lejos, a través de la lluvia, logré ver el rótulo sobre la puerta —en letras iluminando la noche de azul fluorescente— de la cinemateca.

Parecía un museo. Había afiches de películas de antaño; vitrinas de concha y nácar con proyectores viejos y cámaras antiguas y hasta una linterna mágica; un praxinoscopio circular lleno de espejos e imágenes de un hombre circense haciendo malabares con dagas y cuchillos; un mutoscopio rojo en cuyo interior había una serie de fotos en blanco y negro de una mujer que se ponía a bailar —es decir, las fotos a avanzar— conforme uno giraba la manecilla.

Desde el mostrador un señor me dijo algo en francés. No le entendí y me acerqué un poco. A su lado estaba parada una chica alta, de unos veinticinco años, con el pelo pintado color rosado chicle o tal vez con una peluca color rosado chicle, y vestida de hombre. Tenía puesto saco y pantalones negros, camisa blanca de botones, una corbata delgada y negra y con el nudo aflojado. Me encandiló el resplandor de un minúsculo diamante en su nariz. Tuve la impresión, no sé por qué, de haber interrumpido algo entre ellos. Que la película estaba por empezar, me dijo el señor en francés, que si iba a querer un boleto. Le pregunté cuál era la película y él dijo algún título en francés que no reconocí. De pronto timbró un teléfono negro en la pared. El señor contestó y se puso a hablar con alguien en susurros. La chica, de brazos cruzados, me observaba sin expresión alguna, casi sin realmente verme. La piel pecosa de su rostro me pareció de porcelana. Yo estaba mirándole los labios, intentando descifrar si eran así de rojos y llenos o si los tenía pintados, cuando ella, en un hilo de palabras que se envolvió alrededor de mi nuca, me preguntó en francés si yo era un buen hombre. Me quedé hipnotizado por su mirada, o por su pregunta tan impropia, o por el brillo del diamante en su nariz. No supe qué responder y sólo guardé silencio. La vi meter una mano en la bolsa del pantalón negro, quizás buscando ahí alguna cosa. ¿Eres un buen hombre?, volvió a preguntarme en francés mientras el señor seguía susurrando en el teléfono a su lado. Se me ocurrió que estaba bromeando o coqueteando conmigo, aunque su mirada era demasiado ansiosa, demasiado triste. Pensé en responderle que no, o que no tanto, o que no tanto como debería serlo, o que no tanto como lo advierte uno de mis apellidos, heredado de mi abuela egipcia: Buenoshombres, del hebreo Bentovim (creemos), antes de ser ladinizados y renombrados y acaso expulsados (creemos). Pero el señor colgó el teléfono y alzó la mirada. Monsieur, me dijo con un tono de pregunta. Me gustó su voz apenas benévola, como si quisiera salvarme de algo. Me gustó la posibilidad de escabullirme de ahí. Me gustó la idea de sentarme un rato en un ambiente oscuro y tibio. Y sin saber qué película estaban proyectando, y sin importarme, le dije al señor que sí, que por supuesto, y le entregué el dinero.

La sala era pequeña, con quizás treinta plazas, la mayoría de las cuales estaban vacías. Me senté en una butaca de la última fila y de inmediato sentí una punzada en el vientre. Como si sentarme hubiese activado el dolor. Me pasé una mano por el estómago y el costado, intentando palpar alguna herida. Bajaron la intensidad de las luces a la mitad y poco a poco fui olvidando el dolor. Ahí seguía en mi vientre, ora creciendo, ora menguando, ora en las costillas, ora alrededor de un riñón, pero en la semioscuridad dejé de pensar en ello, y casi dejé de sentirlo. Permanecimos así unos segundos, en ese albor de sombras sin contornos ni detalles, hasta que alguien abrió la puerta y entró caminando y su sombra descendió los escalones hacia el frente de la sala. Terminaron de apagar las luces. El escaso público dejó de murmurar. Y tras un breve momento de penumbra estalló la pantalla de blancos y grises, y al mismo tiempo, desde abajo, empezó a sonar un piano. Era una película muda, entendí, con piano en vivo. Me hice un poco hacia delante, lo suficiente para descubrir que ante el piano —con la mirada fija en la pantalla y la boca ligeramente abierta— estaba sentada la chica de saco y corbata.

Apenas le puse atención a la película. Era algún melodrama francés, predecible, sobreactuado, de una mujer que se enamoraba del hermano de su esposo, y luego, mientras ella amenazaba con suicidarse y su amante intentaba quitarle la pistola, sin querer le metía un balazo, matándolo. De ahí la intriga, y el hallazgo de las cartas de amor, y un hijo cuyo padre es incierto, y lo mismo de siempre. Yo estaba más interesado en la chica del piano. No lograba olvidar su pregunta, ni la ansiedad en su mirada mientras esperaba mi respuesta, como si necesitara mi respuesta, como si mi respuesta le fuese esencial. Tampoco lograba entender si ella estaba improvisando conforme a las escenas telenovelescas de la vieja película, o si estaba tocando una partitura ya establecida, practicada y memorizada de antemano. Alteraba la melodía del piano para resaltar perfectamente la emoción de cada escena. Tierna en las escenas de amor; tensa y disonante en las partes más dramáticas; ligera y traviesa cuando aparecía una niña o un perro jugando. Se me ocurrió que era una fórmula caricaturesca, casi infantil, para ir aclarándole al público qué sentir a través de la música. Y aún observando a la chica, de pronto me invadió una sensación de pesadez, de somnolencia, y como en un sueño, con toda la textura nebulosa de un sueño, recordé o quizás soñé que recordé una de las primeras películas mudas que había visto, con mi hermano, en el viejo Cine Reforma de Guatemala. Yo tendría tal vez siete u ocho años. Mi hermano, un año menor, se había quedado dormido desde que apagaron las luces. Era una película de Chaplin, no recuerdo cuál. Sólo recuerdo que, mientras la miraba, yo estaba absolutamente convencido de que había un lugar en el mundo donde no existían las palabras, donde nadie hablaba ni necesitaba hablar.

La chica, desde el piano, seguía concentrada en la pantalla. Y yo, desde la última fila, y pese al vaivén de dolor en el vientre, seguía concentrado en ella. Las punzadas de dolor iban aumentando. Tenía ahora un sabor metálico en la boca, como de hierro o de sangre. Pero no podía dejar de mirarla. Me sentía casi hipnotizado por sus movimientos. Por su mirada elevada y atenta. Por sus dedos aún más pálidos que las teclas. Por su pelo rosado y lacio meciéndose como una cortina de seda en la brisa. La veía con atención, pero sin pensamiento alguno, igual que un viejo pescador ve el fluir de las aguas de un río. Y continuaba así, nada más viéndola fluir, cuando de súbito, a media película, a media melodía, ella paró de tocar.

Me desconcertó el silencio.

La sala entera se había sumido en un mutismo de claros y oscuros. Nadie en el público se movía, no sé si por confusión, o por desasosiego, o por ese espíritu de conciliación tan típico de los belgas, o tal vez sólo esperando a que algún ruido, cualquier ruido, volviera a llenar el espacio de la pequeña sala. Me enderecé un poco. Noté que las manos de la chica seguían sobre las teclas, aunque quietas. Su mirada me pareció ahora todavía más fija, más concentrada en la pantalla, y hasta quizás un tanto vidriosa. Yo no entendía si ese repentino silencio en la música era un renglón de su partitura. O si era algo más. Volví la mirada hacia la pantalla.

Un niño desnudo estaba de pie en una pecera. Tenía dos o tres años, la barriga redonda, los ojos grandes y claros, el pelo rubio y ligeramente rizado. No sonreía pero su rostro entero era una sonrisa. Estaba parado dentro de la pecera y el agua le llegaba a los muslos y todos los peces oscuros nadaban alrededor de sus pies, picoteándole en silencio los pies, haciéndole cosquillas en los pies con los roces de tantas aletas y colas.

Gefilte fish

Una noche, ya sentados y por empezar a comer una pasta con ragú de cordero, mi hijo de casi dos años estiró una mano, agarró la mía, inclinó su cabeza hacia abajo y se puso a rezar. Lucía una sonrisa distinta a sus otras sonrisas. Una sonrisa pícara. Una sonrisa llena de luz. Una sonrisa de mira lo que estoy haciendo, papá. Y yo entendí de inmediato su juego. Estaba imitando a la familia de colombianos que lo cuidaban en las mañanas, que eran cristianos, y que seguramente decían un breve rezo en la mesa antes de comer. Mi hijo el cristiano, pensé, sonriéndole luz de vuelta. Y luego pensé que la imitación es el principio de todo aprendizaje, religioso o no.

En 1908, el neurólogo y psiquiatra alemán Hugo Karl Liepmann localizó la parte del cerebro cuya función principal es la imitación: el lóbulo parietal del hemisferio dominante. Liepmann descubrió que sus pacientes con una lesión en esa parte del cerebro habían perdido la habilidad de imitar.

A veces la imitación es inconsciente o accidental. Mirroring, se le llama en inglés. Espejear, calcar, reproducir, sin darnos cuenta. Un ejemplo: de muy niña, la madre de mi hijo cojeaba. Su propia madre, que había sufrido de polio cuando era joven, cojeaba. La madre de mi hijo, entonces, sin darse cuenta, estaba imitando ese andar.

Otras veces la imitación es consciente o deliberada. Primer ejemplo literario: el poeta inglés Alexander Pope empezó imitando a los grandes poetas. En su libro *Early Poems: Imitations of English Poets*, que reúne poemas escritos cuando tenía catorce y quince años, él imita intencionalmente a Walsh, a Crowley, a Chaucer, a Spenser. Y es que Pope, en el siglo XVIII, y como lo haría un guitarrista o un pianista, aprendió la artesanía de su instrumento tocando las canciones de otros. Luego llegaría el arte. (La creatividad, proponía el neurólogo Oliver Sacks, empieza con la imitación.) Segundo ejemplo literario: en 1928 se suicidó el padre de Hemingway, con una escopeta. En 1961 se suicidó Hemingway, con otra escopeta. En 1966 se suicidó la hermana de Hemingway, con pastillas. En 1982 se suicidó el hermano de Hemingway, con un revólver. En 1996 se suicidó la nieta de Hemingway, con barbitúricos. En 2001 se suicidó el hijo de Hemingway, en su celda, en una prisión de Miami.

Pero aun otras veces, casi diría que la mayoría de las veces, la imitación es una mezcla imprecisa de consciente e inconsciente. De deliberada y accidental. De religiosa y traviesa al mismo tiempo, o al unísono, o en tándem, al menos en tándem sobre esa antigua bicicleta que es nuestra memoria. Un ejemplo personal: una noche, al igual que mi hijo, yo aprendí a rezar imitando, y también imitando, esa misma noche aprendí a fumar.

Fue un viernes. Mi abuelo polaco me había ordenado que hiciera por primera vez el kídush, el rezo en hebreo sobre el vino que da inicio al shabát. Tenía trece años. Me tocaba. Y así, de pie ante toda la familia, con el antiguo libro de rezos de mi abuelo polaco en una mano y una enorme copa plateada en la otra, hice la pantomima de estar leyendo la oración en hebreo. Jamás aprendí hebreo. Me sabía el kídush fonéticamente, claro. De memoria. Imitando —acaso sin saberlo— el mismo canto y el mismo acento asquenazi de mi abuelo polaco. Luego brindamos y nos besamos unos a otros alrededor de la mesa y, como todos los viernes, nos sentamos a cenar las bolas de gefilte fish que había cocinado mi abuela (filter fish, las llamaba la cocinera afroamericana del neurólogo Oliver Sacks). Al terminar, uno de mis tíos encendió un cigarrillo. Recuerdo su rostro de placer al exhalar el humo denso y azulado, el cigarrillo blanco colgando de sus labios mientras se reía y hablaba. Le pedí uno, medio en broma. Era mi tío más joven. Tenía revistas de mujeres desnudas en su mesita de noche. Tocaba la batería. Me extendió el paquete rojo, quizás también medio en broma, y me dijo que adelante, que ya era todo un hombre, haciendo alusión a que yo tenía trece años y rezaba el kídush y bebía vino de un enorme cáliz plateado. Me volví hacia mi papá, quizás para verificar si era en serio, quizás pidiéndole permiso, y él sólo me hizo un gesto con la mirada: como usted quiera. Yo no quería. O no tanto. Pero sentí que ya no había marcha atrás. Alcancé el paquete rojo, saqué un cigarrillo y lo encendí con un par de tosidos. Minutos después vomité todo el gefilte fish sobre la mesa.

Domingos en Iowa

Todo en Iowa parecía fábula. Eran nuestros últimos meses en Estados Unidos, antes de mudarnos a Europa, y mientras yo daba clases en la Universidad de Iowa como profesor invitado, vivimos en una casa cuya dirección era 720½ Walker Circle. O sea, ni la número 720, ni la número 721, sino una casa estrecha y alta entre las dos. O quizás una casa imaginaria. O quizás una casa partida por la mitad. Me hacía pensar en la oficina de Willy Wonka, en Alicia y su media taza de té. Alguna noche hasta me puse a buscar si no había por ahí —acaso en el ático o detrás del botiquín— una portezuela hacia mi subconsciente. La pediatra de mi hijo en Iowa se llamaba Moonjelly. La doctora Moonjelly. Un nombre demasiado fantástico para ser real. Un nombre más del universo del doctor Seuss que de una doctora del Medio Oeste americano. Pero la verdadera magia y fantasía de

Iowa sucedía los domingos. Mi hijo de dos años y medio se pasaba toda la semana preguntándome si era domingo. ¿Hoy es domingo, papá? ¿Ya es domingo, papá? Y es que cada domingo, desde que llegamos, yo llevaba a mi hijo a un concierto gratuito de música clásica en el auditorio de cámara y enteramente rojo del Voxman Music Building, el majestuoso edificio de la facultad de música de la Universidad de Iowa. Para mi hijo, los domingos en Iowa eran días de música.

Su primer concierto clásico —el primero de su vida— fue Haydn. Sentado en mi regazo, aguantó en silencio todo el primer movimiento del *Cuarteto de cuerdas en do mayor, opus 54, n.° 2*, es decir, menos de diez minutos, antes de darse la vuelta y agarrar mi brazo y ponerse a tocarlo como un violín. Otro domingo, vimos a un coro ensayando una pieza de Mendelssohn, y mi hijo quedó fascinado no con el coro, tampoco con Mendelssohn, sino con una joven pianista tan pequeña y pálida que parecía una miniatura de porcelana. Otro domingo, mi hijo se asustó con un concierto de órgano. Nunca supe si se asustó con el tenebroso sonido del órgano, o con el organista viejo y serio y vestido todo de negro. Prefirió salir a jugar a los sillones del vestíbulo. Era un piojo grande. Piojote, decía, riéndose en los sillones del vestíbulo. Otro domingo, vimos a un grupo de mujeres percusionistas volar debajo y alrededor de un inmenso candelabro, mientras interpretaban una pieza etérea de John Cage. Otro domingo, vimos a unos estudiantes tocar minuetos en el fagot (del italiano fagotto: manojo o fardo), y desde entonces mi hijo me pide que le cuente el cuento de Bessy Bassoon, quien llora en las noches porque los niños tocan guitarras y violines y flautas y pianos y todos los demás instrumentos, menos el fagot. Ya ningún niño quiere tocar a Bessy Bassoon. Otro domingo, vimos a un quinteto de instrumentos de viento —The Atlantic Brass Quintet— tocar un arreglo de la *Suite n.° 4 en mi mayor*, de Bach. Tuba, susurró mi hijo, señalando. Trompeta, susurró. Trombón, susurró, y yo le susurré de vuelta, citando a Strauss, que nunca hay que mirar a los trombones: sólo se los alienta. El dulce sonido de Bach cautivó a mi hijo durante el primer movimiento (allemande), pero lo empezó a inquietar durante el segundo (courante), y ya en mis brazos y caminando juntos hacia la salida del auditorio en el breve silencio antes del tercero (sarabande), gritó: Adiós, músicos. Y yo entendí que la acústica en aquel auditorio de cámara era aun mejor para los alaridos de los niños. Lamentablemente, ninguno de los cinco hombres en el escenario le respondió. Sus rostros e instrumentos parecían congelados. Yo me di prisa por el largo pasillo mientras mi hijo, siempre correcto, se vio obligado a tener que gritarlo más recio una segunda vez. Adiós, músicos.

En ocasiones dudaba del bien que le podía hacer un concierto de música clásica a un niño de dos años y medio. Suena perfecto, claro, como idea, como experiencia y principio didáctico. Pero quizás mi hijo hubiera preferido pasar sus domingos en Iowa jugando en un parque o corriendo en un vestíbulo de piojos. No dudaba —no dudo— de todos los beneficios de la música clásica para los niños (la música, decía Stravinski, la entienden mejor los niños y los animales), sino del evento formal y rígido que puede ser un concierto de música clásica. Sentarse quieto. Guardar silencio. Seguir las reglas y los protocolos apropiados. O sea, mientras suene la música, dejar de ser niño. Disfrutar de la música no como lo haría un niño, sino como lo haría un adulto. No gozarse los ruidos de un arpa o de un fagot, sino leer y estudiar el programa para saber el intérprete y el compositor y el significado de los ruidos.

Un domingo de nieve, quise explicarle a mi hijo que esos ruidos inexplicables y maravillosos eran en realidad notas musicales, cada una con su nombre.

Llegamos a Voxman sin saber que esa tarde se había cancelado el concierto de una famosa violonchelista (su avión, sospeché, no logró aterrizar debido a la tormenta de nieve). Paseando con mi hijo por el edificio, descubrimos que, en un aula abierta, había un enorme piano Steinway de cola. Entramos y cerramos la puerta y despacio, con un dedo, le fui enseñando la escala de notas musicales. Do, re, mi, fa, sol, la, si. Luego lo hice de nuevo sosteniendo y tocando las notas con su dedo índice, mientras él iba repitiendo los nombres. Cuando me preguntó por qué las notas se llamaban así, yo no quise hablarle del monje benedictino y teórico musical Guido de Arezzo que, en el siglo XI, había cambiado los nombres originales de las notas (a, b, c, d, e, f, g), y entonces le dije que las teclas blancas habían recibido esos nombres de sus padres, las teclas negras. Cuando me preguntó por qué la primera nota musical se llamaba do, yo tampoco quise decirle que aquel monje benedictino inicialmente no la había llamado do, sino ut, por *Ut queant laxis*, la primera línea del Himno a San Juan Bautista; y no quise decirle que, como ut termina en consonante sorda, otro italiano, en el siglo XVII, había decidido cambiarle de nombre, a la primera sílaba de su propio apellido: Doni. Y entonces, sentados ante el inmenso piano de cola, y mientras tocaba la misma tecla con el pequeño dedo índice de mi hijo, le dije que la primera nota se llamaba así porque toda la música del mundo suena por primera vez los domingos.

Papeles sueltos

Uno de los mejores libros que he leído es también uno de los peores.

Estaba yo en un pequeño pueblo en el sur de Francia. Era el inicio de la tarde y el sol parecía un farol lejano y tibio en el cielo sin nubes. Caminando por el centro antiguo del pueblo, de pronto encontré un viejo y gastado ejemplar en inglés de la primera novela de Knut Hamsun, *Hambre*, colocado sobre la única banca verde de una plaza. Demasiado bien colocado, pensé, como si alguien lo hubiese dejado ahí para que yo lo encontrara. Miré alrededor. No había nadie más.

Me senté en la banca y, omitiendo una primera introducción del traductor al inglés Robert Bly, y luego una segunda de Isaac Bashevis Singer (uno siempre debe saltarse las introducciones), empecé a leer la novela, originalmente publicada en Noruega en 1890, sobre un escritor pobre y fracasado que está pasando hambre. Pero al nomás terminar de leer ambos lados de la primera hoja, esa hoja se despegó del lomo y me quedé sosteniéndola en la mano, algo confundido. ¿Fue mi culpa? ¿La jalé muy fuerte? Decidí seguir leyendo. Pero cuando hube terminado de leer ambos lados de la segunda hoja, ésta también se despegó del lomo. Extraño, pensé o quizás hasta susurré en medio de la plaza vacía, y sólo seguí leyendo con dos papeles sueltos en la mano. Luego lo mismo pasó con la tercera hoja, y la cuarta, y la quinta, y así. Cada vez que terminaba de leer ambos lados de una hoja, esa hoja se desprendía del lomo. Me dije a mí mismo, medio sonriendo, que era como si el libro quisiese ser leído una última vez, por un último lector, antes de desintegrarse por completo: exactamente lo mismo que le estaba ocurriendo al personaje.

Nunca antes había leído algo de Hamsun, por ninguna razón en particular. Pero su tono de inmediato me pareció seductor, su prosa concisa y directa, y antes de darme cuenta había leído más de la mitad de la historia. Yo seguía leyendo y el libro seguía deshaciéndose en mis manos.

Ya era tarde. Había poca luz. Yo estaba cansado e incómodo. La banca se sentía más y más rígida en mi espalda. Pero estaba convencido de que el libro no sobreviviría si yo intentaba llevármelo: debía terminarlo ahí mismo, con o sin luz, con o sin dolor.

Se me ocurrió, mientras seguía leyendo, que mis manos ahora estaban sutilmente ayudando a arrancar cada hoja del lomo tras haberla leído. O tal vez sólo lo percibía así después de tantas hojas.

Estaba llegando al final. Había papeles desordenados en la banca a mi lado, papeles tirados en el suelo, papeles revoloteando como palomas por toda la plaza. Pero ya no importaba. Cada hoja había cumplido con su propósito. Cada hoja había contado su parte de la historia. Cada hoja no era ya nada más que un viejo pliego de papel lleno de manchitas negras.

Terminé de leer el libro con asombro, en una sentada larga, y el libro como tal dejó de existir, y yo salí caminando de la plaza repleta de papeles sueltos hacia la noche fría y serena.

Y pasaron semanas o meses antes de que yo supiera que Hamsun, tras visitar los Estados Unidos, había llamado a los negros americanos «una gente sin historia, sin tradiciones, sin cerebro, unos esclavos sin orgullo ni honor, una turba de los tiempos antiguos que se dejan azotar por 75 centavos y dejan que les mientan por 25»; y que Hamsun le había mandado su medalla del Premio Nobel de Literatura a Joseph Goebbels, el ministro de propaganda Nazi, como homenaje; y que Hamsun había tenido una reunión ya famosa con Adolf Hitler, a quien admiraba y elogiaba y a quien luego hasta exaltó en una esquela («Hitler fue un guerrero, un guerrero de la humanidad y un predicador del evangelio de justicia para todas las naciones... Y nosotros, sus seguidores cercanos, inclinamos la cabeza ante su muerte»). Y me pregunté cómo habría cambiado mi lectura del libro si hubiese sabido esto antes. Me pregunté si lo hubiera leído del todo o si yo también lo hubiera dejado ahí, intacto, perfectamente colocado sobre una solitaria banca verde. Me pregunté si los papeles sueltos revoloteando en una pequeña plaza en el sur de Francia no sólo no eran ya un libro, sino que además no eran ya nada sublime, ni nada trascendental, ni nada. Me pregunté qué permanece, entonces, cuando un libro y su autor dejan de existir, cuando ambos se han convertido inevitablemente en polvo y tierra y papeles sueltos. Me pregunté esto: ¿Qué debemos hacer, al final, con las bellas palabras escritas por una mano inmunda?

Wounda

Llevábamos cuatro semanas de confinamiento en París. Afuera, a través de la ventana, la rue de Fleurus (donde hacía un siglo Gertrude Stein y Alice Toklas habían recibido a artistas y escritores, en su pequeño apartamento del edificio número 27) parecía más pequeña y vacía, como si los parisinos tuviesen cada vez más miedo de salir, ya sea a dar un breve paseo o a comprar comida. El gobierno francés recientemente había anunciado regulaciones aún más estrictas: sólo se permitía una salida por día, durante un máximo de una hora, y en un radio de no más de un kilómetro de casa. Mi mundo, a través de la ventana, sí se estaba volviendo más pequeño.

Durante las últimas cuatro semanas, yo había sido casi exclusivamente un padre. Ya no era un escritor. Ya no escribía. Escribir de pronto no me importaba, o me importaba poco, o me importaba menos que asegurarme de que mi hijo de tres años viviera su nueva realidad como si fuese una aventura.

Salíamos una vez al día, por las tardes, a hacer una caminata o a que él pudiera dar una vuelta por el barrio en su patineta, sin tocar nada y manteniéndonos lo más lejos posible de los pocos peatones y corredores. El resto del día, en casa, nos inventábamos juegos: arrancar los tallos de las hojas de espinaca, aprender a recoger pedacitos de papel con unas pinzas, crear diseños complejos en el suelo con su colección de boletos de metro ya usados, hacer una familia entera de puercoespines de plastilina y espagueti seco. Yo entendía que ahora mi oficio principal era mantener a mi hijo aislado de todo lo que estaba sucediendo allá afuera: el confinamiento, el virus, la incertidumbre, la sensación de pánico, el número creciente de enfermos y muertos. Y en gran medida lo había conseguido. O eso creía.

Una noche, le mostré a mi hijo un video corto de una chimpancé abrazando a Jane Goodall, en lo que parecía ser un gesto de agradecimiento. Le expliqué que la chimpancé se llamaba Wounda, y que Goodall y su equipo la estaban liberando en la selva del Congo tras haberla rescatado y rehabilitado. Y mi hijo, en cuanto terminó el video, se soltó a llorar.

Al inicio, me sentí casi orgulloso de sus lágrimas, que interpreté como empatía o inteligencia emocional. Y quizás lo fueron, al menos en parte. Pero luego no pude evitar preguntarme cuánta frustración acumulada estaba soltando en ese llanto profundo e inconsolable, cuánta tristeza había estado almacenando durante las últimas semanas y escondiendo de su padre.

Entendí que, de algún modo, y pese a nuestros mejores esfuerzos, mi hijo percibía lo que estaba pasando allá fuera. Sentía que algo en su mundo se había quebrado, acaso para siempre. Lo primero que preguntaba cada mañana, aún en su cama, era si por fin podría volver a la escuela, ver a sus profesoras, ir al Jardín de Luxemburgo a correr y a montar en patineta y a jugar con sus amigos en el arenero. Mi hijo, lo sabía, empezaba a echar de menos ser un niño.

Pasaron los días y las semanas desde que miró el video, pero él seguía hablando todo el tiempo de la doctora Goodall —la llamaba Jane— y de Wounda. Una tarde, acostados en la oscuridad mientras él intentaba hacer una siesta, mi hijo de nuevo empezó a contarme la historia de Wounda en sus propias palabras. Y yo, escuchándolo, me puse a pensar en una mujer y su equipo sanando a una chimpancé, y en una chimpancé sanando a un hijo, y en un hijo sanando a un padre.

El último tigre

Mi abuelo mató al último tigre.

Al menos eso creí haberle entendido a Kullu. Estábamos caminando en un barrio de Berlín que no parecía Berlín, llamado Grunewald, con un bosque inmenso y sobrepoblado de zorros y mapaches y jabalíes; con mansiones antiguas y también mansiones nuevas; con riachuelos y lagos donde los berlineses, continuando una tradición alemana del final del siglo XIX conocida como freikörperkultur (cultura del cuerpo libre), nadan y se asolean desnudos.

Jalambaba, me dijo Kullu. Así se llamaba mi abuelo. Murió antes de que yo naciera.

Mal estacionado en la calle, frente a una taberna de cerveza, brillaba un Ferrari amarillo yema.

De niño, dijo Kullu, mi abuela me solía contar que una noche, a finales del 64, Jalambaba se escondió dentro de su establo en las afueras de Mukpat, nuestra aldea, a pocos kilómetros de las cuevas budistas de Ajanta. A través de un agujero en la pared, Jalambaba podía ver la silueta de su vaca muerta sobre la hierba. Y ahí dentro se puso a esperar, paciente, con una escopeta de un cañón en las manos, a que volviera el depredador que esa tarde la había matado. Jalambaba sabía, dijo, que un depredador siempre vuelve a su presa.

Nos detuvimos ante la estación de tren de Grunewald. En la entrada había una pequeña cafetería con cuatro mesas sobre la banqueta. Le dije a Kullu que nos sentáramos unos minutos, que lo invitaba a un café antes de subir a la plataforma.

Me encantaría, Eduardo, dijo con esa su manera de hablar siempre suave y medida, como si no tuviera ninguna prisa por llegar al final de las palabras.

Yo entré y me acerqué a una señora alta y corpulenta que estaba detrás del mostrador. En inglés, alzando dos dedos, le pedí dos cafés, y mientras ella los preparaba descubrí que, sobre una larga estantería colgada en la pared, había una serie de muñecas antiguas, sentadas en fila. Quizás treinta o cuarenta muñecas, una a la par de la otra, todas viejas y sucias y muy dañadas. A más de alguna le faltaba una pierna o un brazo. Otras habían sido remendadas con hilo o con cinta adhesiva. Una estaba decapitada, y la cabeza de lana roja y deshilachada yacía a su lado.

⁂

Todos le dicen Kullu porque su nombre es interminable. Kulbhushansingh Suryawanshi. El león que honra a su familia, en idioma maratí, me dijo el día que nos conocimos en Berlín. Ambos estábamos ahí con una beca del Wissenschaftskolleg para pasar una temporada larga entre los bosques y los lagos de Grunewald. Vivíamos en el mismo edificio: una mansión restaurada y rehecha en apartamentos llamada Villa Walther (su dueño original, el arquitecto Wilhelm Walther, en ruina económica tras construir tan aparatoso palacio en 1917, se ahorcó adentro de la torre). Kullu y su familia nos invitaban a su apartamento para comer un típico desayuno hindú de poha, sabudana y chapati; nosotros los invitábamos al nuestro para comer un típico desayuno guatemalteco de frijoles, huevos rancheros y tortillas. Su hija y mi hijo recibían juntos su clase de alemán, jugaban juntos en el ostentoso jardín un juego de tiroteos y explosiones y bombas; pero bombas de felicidad, insistía mi hijo, bombas de alegría.

Uno de los científicos más reconocidos en su campo, Kullu llevaba casi quince años —toda su vida académica— trabajando para la protección y conservación de los leopardos de las nieves. Escuchándolo hablarme de las semanas o los meses que pasaba en las regiones más inhóspitas de la India y Mongolia y Nepal y Kirguistán, hablarme de la absoluta y prolongada soledad y de los tantos peligros (varios de sus colegas habían muerto de hipotermia en las montañas), yo sólo podía pensar en el cuento de Jorge Luis Borges sobre un sacerdote azteca, quien, encerrado por sus captores españoles en una cárcel de piedra, se pasa los días mirando y estudiando las rosetas en el pelaje de un jaguar encerrado en la celda vecina. Hasta que una noche, al despertarse tras un sueño afiebrado, el sacerdote azteca cree ver en el pelaje del jaguar una escritura divina. Una sentencia mágica de catorce palabras casuales, escribe Borges, que con sólo pronunciarse haría desaparecer la cárcel de piedra y lanzaría al jaguar sobre sus captores. Pero el sacerdote azteca, al final, decide no pronunciar las catorce palabras.

Pasada medianoche se abrieron las nubes y mi abuelo logró ver a un enorme tigre comiéndose el cadáver de la vaca.

Kullu hizo una pausa y yo aproveché esa pausa para beberme el último y ya frío sorbo de café.

Muy despacio, continuó Kullu, para no espantar al tigre, mi abuelo alzó la escopeta. Sacó la punta del cañón por el agujero en la pared y apretó el gatillo. Todos oyeron el disparo. De inmediato empezaron a congregarse cerca del templo Hanuman, en el centro de la aldea. Querían saber si el tigre estaba muerto. Pero nadie se atrevía a acercarse al establo donde Jalambaba había pasado la noche, solito, esperando a que éste volviera.

En la mesa vecina había una pareja de chicas adolescentes: tatuadas y rapadas y acariciándose las manos mientras compartían un cigarrillo ilícito, escondido debajo de la mesa.

De niño, dijo, yo siempre le pedía a mi abuela que me contara ese cuento antes de dormirme. Jalambaba era mi héroe. Jalambaba, para mí, era el hombre más fuerte y valiente.

Kullu intentó tomar un trago de café, pero su taza estaba vacía.

Después de esa noche, dijo, nadie volvió a ver a un tigre en los bosques alrededor de la aldea. Mi abuelo, fui comprendiendo con los años, había matado al último tigre de las cuevas de Ajanta. Y entonces dejé de pedirle a mi abuela que me contara el cuento de Jalambaba. Y también dejé de contárselo a mis amigos en la escuela.

Kullu se puso de pie y, sin preguntarme, dijo que subiéramos ya a la plataforma.

⁂

Gleis 17.

Eso decía el rótulo colgado en alto en la estación de tren de Grunewald, en letras negras y gordas sobre fondo blanco.

Es por aquí, me dijo Kullu, señalando las gradas a la derecha del rótulo.

Yo había estado en esa estación muchas veces, ya sea tomando trenes hacia el centro de la ciudad, o atravesando la estación misma para llegar —en el otro extremo— a los bosques y senderos de Grunewald. Apenas me había fijado en el rótulo. Jamás había cuestionado qué significaba eso de Gleis 17. Pero Kullu sí sabía qué significaba, y también cómo llegar. Llevaba semanas insistiendo en mostrarme, sin decir más, sin explicarme por qué.

Subimos las gradas y salimos a una plataforma larga, al aire libre. Estaba vacía. Enfrente de nosotros, del otro lado de los rieles, había otra plataforma igual de larga y estrecha. Un padre estaba parado ahí en la oscuridad, hablándole a su hijo en lenguaje de señas.

Kullu guardó silencio. Supuse que quería que yo mismo descubriera poco a poco el lugar. Al inicio no vi nada. Pero de pronto noté que todo el suelo bajo mis pies estaba compuesto por una sucesión de enormes y extrañas placas de acero fundido, cada una de quizás tres metros de ancho por metro y medio de largo, y cada una perforada por hileras de agujeros. Alcé un poco más la mirada y advertí que arriba, en la parte superior de la placa sobre la cual estaba parado, había algo escrito en relieve, en cifras y letras mayúsculas ya algo oxidadas. Me arrodillé sobre el acero para lograr leerlo de cerca: 14.10.1943 / 78 Juden / Auschwitz. Luego caminé a otra placa, me arrodillé y leí: 10.01.1944 / 352 Juden / Theresienstadt. Luego a una tercera: 03.10.1942 / 1021 Juden / Theresienstadt.

Son 186 placas en total, en ambos lados, dijo Kullu señalando la plataforma delante de nosotros. Conmemoran cada uno de los 186 trenes que, desde octubre del 41, transportaron a judíos de aquí hacia distintos campos de concentración.

Seguí caminando mientras leía el relieve de cada placa en voz alta, como si leerlo en voz alta le devolviese vida a una cosa tan muerta, hasta que llegué a una placa en la mitad de la plataforma: 08.12.1944 / 15 Juden / Sachsenhausen.

Sachsenhausen, volví a susurrar en la penumbra.

¿Habrá pasado por aquí tu abuelo polaco, Eduardo, en su camino a Sachsenhausen?, me preguntó Kullu con su tono dócil y reverente.

Pero no pude responderle. No pude decir nada.

Sólo me quedé mirando al niño parado en la oscuridad, del otro lado de los rieles. No emitía ruido alguno. No hacía señas de vuelta. Sólo respiraba blanco en la noche ya negra mientras miraba las manos de su padre. Lo único que parecía importarle en ese momento eran las manos de su padre.

La marea

Hervía la arena negra. Tuve que caminar rápido, sobre piedras y conchas y pedazos de plástico y largas semillas de mangle, hasta sentir en mis pies de niño el frío bálsamo del mar. No había nadie ahí, salvo un viejo indígena metido hasta la cintura entre las olas, pescando con un hilo casi invisible que lanzaba y luego enrollaba entre su palma y su codo.

Deme la mano, dijo mi padre. La marea está muy fuerte.

Quiero solito.

Que me dé la mano, le digo.

Permanecimos un rato así, en silencio, él agarrando mi mano con algo de tosquedad, nuestros pies metidos en el agua fresca y espumosa.

Yo me ahogué en este mar.

No entendí. Busqué su rostro hacia arriba.

Tenía más o menos su misma edad, dijo, cuando me

ahogué en este mar.

Mi padre hizo una pausa, esperando a que pasara una fila perfecta de pelícanos, quizás ocho o diez pelícanos, sus panzas blancas raspando ligeramente la superficie del agua.

No me ahogué aquí en Sipacate, sino un centenar de kilómetros hacia allá, dijo mirando a su izquierda. En la playa de Iztapa.

Lejos, en el horizonte, un inmenso buque carguero no avanzaba.

Una tarde me metí a nadar pese a las advertencias y sin darme cuenta ya me había alejado demasiado de la costa. Por más que luchaba y pataleaba y trataba de regresar, la marea me seguía sacando mar adentro, cada vez más fuerte y más lejos. Hasta que me ahogué.

Sentí algo en las piernas que hoy, ahora, describiría como miedo.

Me salvó un soldado de la marina norteamericana.

Escuchaba a mi padre hablar, pero no quería verlo. Me puse a contar olas.

Esa tarde había un soldado norteamericano en la playa, no sé si asoleándose o dando un paseo, que de pronto vio lo que me estaba ocurriendo. O tal vez alguien le gritó lo que me estaba ocurriendo. Y el soldado entonces se lanzó al mar y nadó hasta alcanzarme y me sacó ya muerto a la playa. Y ahí, en la playa, él mismo me revivió.

Mi padre no dijo más y yo me quedé mirando al viejo indígena que pescaba en precario equilibrio con la marea, con las olas, y me estremeció comprender que mi padre había tenido entonces mi misma edad, que mi padre había muerto a mi misma edad antes de que un soldado naval norteamericano —a quien en ese momento me imaginé de proporciones colosales— lo sacara del mar y le devolviera la vida. Quería preguntarle cosas a mi padre. Preguntarle qué hubiera pasado si el soldado naval norteamericano no hubiese estado allí, tomando el sol o paseando, la tarde que él murió ahogado en el mar. Preguntarle quién hubiera sido entonces mi padre si él hubiese muerto aquella tarde en el mar. Quería preguntarle a mi padre quién sería yo sin mi padre.

Vamos, me dijo o quizás me preguntó.

Durante algún tiempo aún pude sentir en mis piernas el baile de la marea.

«Para un padre el calendario más veraz es su propio hijo.»
JULIO RAMÓN RIBEYRO